閃亮亮共和國

キラキラ共和国

小川糸 Ogawa Ito —— 著
王蘊潔 —— 譯

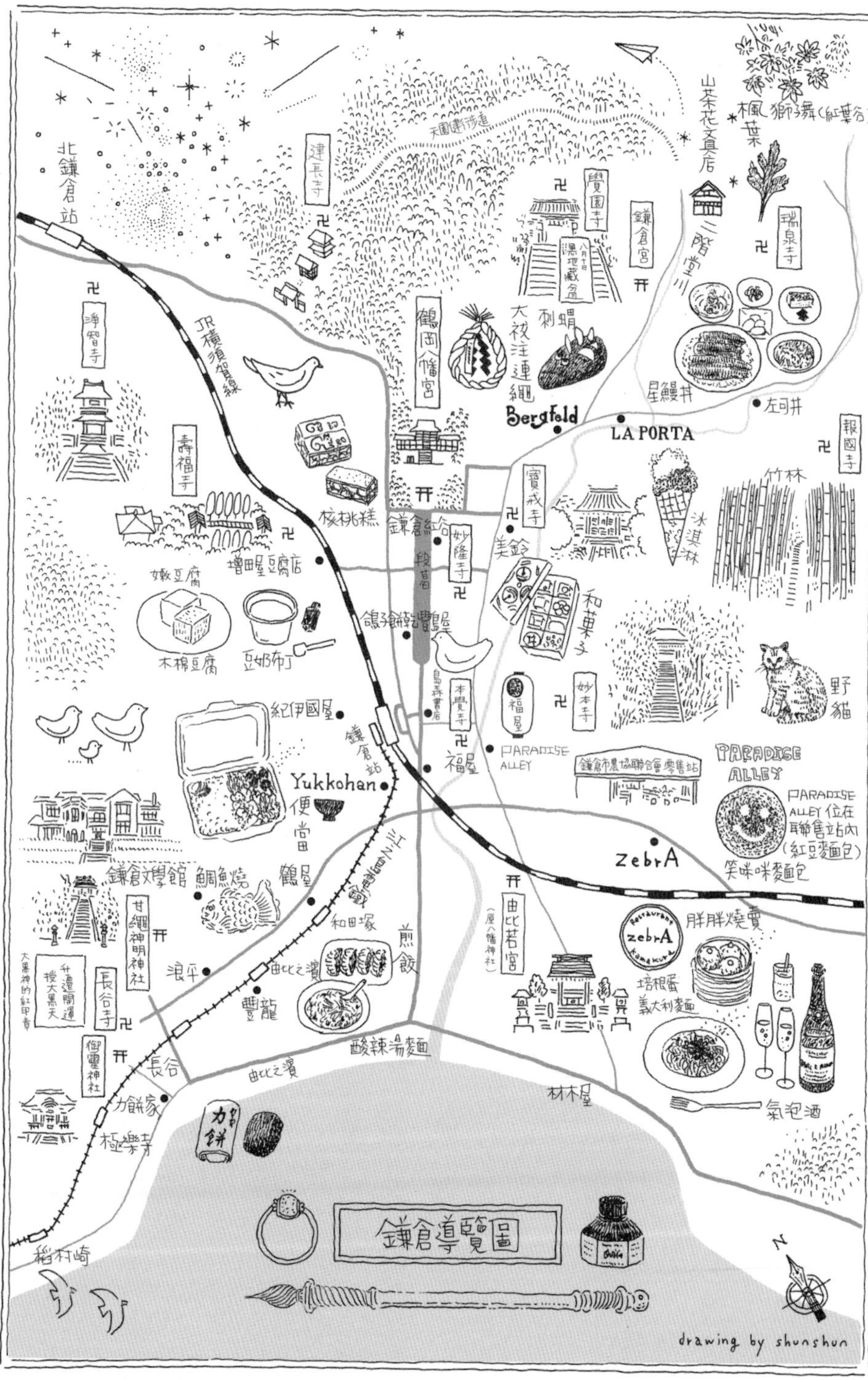
北鎌倉站
天園健行步道
建長寺
山茶花文具店
楓葉
獅子舞(紅葉谷)
覺園寺
八月十日
黑地藏盂
鎌倉宮
瑞泉寺
二階堂川
大祓注連繩
刺蝟
鶴岡八幡宮
淨智寺
JR橫須賀線
Bergfeld
LA PORTA
星鰻丼
左可井
報國寺
竹林
壽福寺
寶戒寺
冰淇淋
核桃糕
鎌倉紅谷
妙隆寺
段葛
美鈴
增田屋豆腐店
嫩豆腐
木棉豆腐
豆奶布丁
鴿子餅乾豐島屋
和菓子
野貓
妙本寺
福屋
島森書店
本覺寺
紀伊國屋
鎌倉站
Yukkohan
便當
PARADISE ALLEY
鎌倉市農協聯合會零售站
PARADISE ALLEY
PARADISE ALLEY 位在聯售站內 (紅豆麵包)
笑咪咪麵包
zebrA
鎌倉文學館
鯛魚燒
鶴屋
江之島電鐵
和田塚
煎餃
由比若宮
(原八幡神社)
胖胖燒賣
Restaurant zebrA kamakura
培根蛋義大利麵
甘繩神明神社
大黑神的紅印章
千運開運
授大黑天
長谷寺
浪平
由比之濱
豐龍
御靈神社
長谷
由比之濱
酸辣湯麵
材木屋
氣泡酒
力餅家
力餅
極樂寺
稻村崎
鎌倉導覽圖
N
drawing by shunshun

艾草丸子

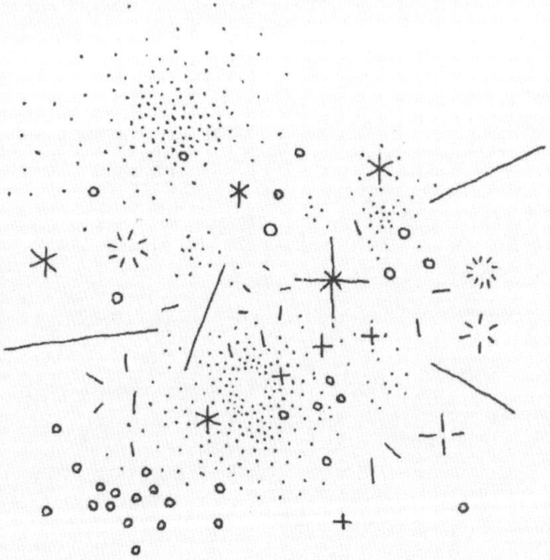

人生路上，某些瞬間的變化令人目不暇給。

在蜜朗那次背我不到一年之後，我們登記結婚了。剛認識他時，和他之間只是「QP妹妹的爸爸」這種間接的關係，後來變成了「守景先生」這個專有名詞，之後在我心裡漸漸變成了「蜜朗」。

蜜朗。每次在內心深處輕聲呼喚這個名字，心中就會濺起甜美的蜜汁顆粒，不由地佩服蜜朗這個名字眞是太適合他了。他的父母也許看著剛出生的他，爲他取名字時，寄託了「希望他的人生甜蜜開朗」這個溫柔的心願。

但要叫出口時，還是會覺得很難爲情，結果還是叫他「守景先生」。蜜朗有時候叫我「波波」，有時候叫我「小波」，偶爾叫我「鳩子」，或是「小鳩」。幾杯黃湯下肚之後，就會變成「鳩乖乖」「鳩寶寶」，我的名字可多了。

可見蜜朗也搖擺不定，在不同的時候，和我之間的距離也時短時長。

我們此刻背對著八幡宮，沿著比一般道路稍高的參道「段葛」，走向大海的方向。面對面看蜜朗時有點害羞，所以我都會忍不住移開視線，但偷看他的側臉時，彼此的眼神不會交會。即使目不轉睛地盯著看，他也不會察覺。

從今以後，他就是我的丈夫。成爲丈夫的蜜朗，長相越來越端正，他的鼻子就像公園的滑梯一樣高挺。

如果QP妹妹當時沒有開玩笑說「約會」這兩個字，我和蜜朗一定不可能變成這樣的關係。不要說一年之前，就連三個月前，我也無法想像自己會變成別人的太太。QP妹妹牽起了我和守景先生的緣分。

我帶著感謝的心情，用力握住QP妹妹的手，但很小心控制了力道，以免弄痛她。觀光客絡繹不絕地走向八幡宮，我們一家三口無法並排牽著手走路，所以必須小心不要和QP妹妹、蜜朗走散了。

這不光指此刻在段葛這段路上，在人生這條沒有止境的路上也一樣。

「總覺得變得有點乏味了。」

我巧妙地閃避著人潮，對蜜朗說。

「什麼變乏味了？」

「就是段葛啊。」

這條路是幕府大將軍源賴朝爲了祈願愛妻政子順利分娩所建造的，源賴朝只是希望妻子順利生下孩子，就建造了這麼長一條路，可見他多麼愛政子。

但是，在上次進行修補工程時，連櫻花樹也都重新種植，如今，參道上只見稀疏瘦小的櫻花樹，而且地面都鋪了水泥，感覺就像走在普通的馬路上。

「雖然說現在這樣，但至少下了雨也不容易積水，可能比較好。」

當我說這句話時，蜜朗已經露出好像不知道在看哪一片夕陽的眼神，茫然地走著。

我很慶幸上代去世之後，段葛才開始進行修補工程。如果她看到目前的樣子，一定會怒不可遏地寫萬言書去向市長抗議。對上代來說，段葛是一條特別的路。

在我小時候，上代不准我沿著段葛走向大海的方向。她整天嘮叨說簡直豈有此理，怎能背對著八幡宮，所以我曾經背對著大海沿著段葛走向八幡宮，卻從來沒有背對著八幡宮走向大海。

但是，此刻我把這裡當作紅毯，相信八幡宮的神明會原諒我。更何況是上代訂下了不能背對著八幡宮的規矩，現在她已經離開了人世，這個規矩也就自然消滅了。

認識蜜朗和QP妹妹之後，我終於能夠用這種方式思考。如果說上代用這些咒語束縛我或許言重了，但是蜜朗和QP妹妹為我拂去了身上這些像蜘蛛網的東西。

「啊，我可不可以去聯售站一下？」

蜜朗轉頭問。

「當然可以啊。」

「那還要買笑咪咪麵包。」

原本有點想睡覺的QP妹妹突然很有精神地大聲說道。QP妹妹今天第一天上小學，因為新環境有很多需要適應的事，所以她有點累了。我從今天開始，也是當「媽媽」的一年級新生。

「誰想吃笑咪咪麵包？」

我的話音剛落，三個人都很有精神地舉起了手說：「我。」不知道從什麼時候開始，PARADISE ALLEY的紅豆麵包變成了我們口中的「笑咪咪麵包」。

「但等一下要去斑馬餐廳，所以笑咪咪麵包要留著當明天的點心。」

QP妹妹聽到我的叮嚀，不高興地嘟起了下唇，變成小鬼Q太郎的臉。在我認識她的這一年期間，她長高了不少。

聯售站的黃金時間是在早晨，應該說清晨，一到傍晚，幾乎買不到什麼蔬菜，我有點擔心蜜朗會不會撲空，沒想到他拿了一顆蒜頭就走了出來。他似乎已經認識了不少人，向熟人打招呼的樣子看起來很穩重，而且也順利買到三個笑咪咪麵包。

「還是熱熱的。」

QP妹妹滿臉笑容地抱著裝了剛出爐笑咪咪麵包的紙袋。

原本以爲離聯售站很近，沒想到走到斑馬餐廳的距離並不短。因爲人行道很窄，所以QP妹妹走在中間，我們三個人排成一行，就像母雞帶著小雞走在街上。

QP妹妹幼兒園同學的媽媽向蜜朗推薦了這家斑馬餐廳。雖然我在鎌倉住了很多年，完全不知道安國論寺附近竟然有這家餐廳。蜜朗個性開朗，爲人謙和，所以和QP妹妹的同學媽媽也都很談得來。

「你好。」

我們戰戰兢兢地推開門，親切的老闆娘出來迎接我們。

「我姓守景，已經訂了位。」

我緊張地報上姓名。從今天開始，我從雨宮鳩子變成了守景鳩子。我覺得好像加入了QP妹妹和蜜朗的團隊，既感到高興，又有點害怕。雖然還不太習慣守景鳩子這個新名字，但因爲守的發音和森林的森相同，所以感覺代表鴿子的鳩，應該也會爲從原本的下雨變成了森林感到高興。

因爲我預約的時間比較早，餐廳內還沒有其他客人。QP妹妹和我坐在一起，蜜朗坐在對面。一個看起來像是老闆，感覺燒得一手好菜的男人站在廚房。

「這裡有兩種啤酒，除了三得利的 Premium Malt's 以外，還有鎌倉本地的啤酒。」

我看著菜單說。

「嗯，」蜜朗想了一下，很有氣魄地說，「今天要好好慶祝，我們來喝氣泡酒。」

我對蜜朗有多少存款，每個月花多少生活費這些事一無所知，但根據他的生活狀況判斷，他的手頭並不寬裕。也許我的表情隱約透露出內心的這種想法。

「沒關係，今天是特別的日子。」

蜜朗注視著我，他的眼睛好像清澈明亮的石頭。邁向四十大關的蜜朗已經冒出幾根白髮。

「也對。」

今天的確是一個特別的日子。QP妹妹上了小學，我們也配合她上小學的日子辦理登記。從今以後，我們成爲一家人，共同邁向未來的人生道路。這是新守景家庭的生日。這麼值得紀念的日子，當然要好好慶祝一番。

我們大人用氣泡酒，QP妹妹用加了大量當令水果的汽水一起乾杯。

「QP妹妹，恭喜妳讀小學了！」

我和蜜朗盡可能異口同聲地向她祝賀，沒想到QP妹妹用比我們大十倍的音量說：

「爸爸、波波，恭喜你們結婚了。」

我完全沒有想到她會突然這麼說，嚇得慌忙東張西望。雖然還沒有其他客人，但廚房的主廚和站在吧檯旁的老闆娘，以一臉興奮的表情輕輕爲我們鼓掌，好像他們早就知道了。

「謝謝。」

我和蜜朗拿著香檳杯，誠惶誠恐地向他們道謝。然後，一家三口再度面對面。

「以後請多指教，我還有很多不足之處，也許會給你們添很多麻煩。」

今天晚上是爲了慶祝QP妹妹入學，完全沒想到會有這樣的發展，但是，剛才看到這家餐廳的主廚和老闆娘爲我們祝福，仍是忍不住雀躍不已。和蜜朗結婚的喜悅，就像氣泡酒的氣泡一樣在內心不斷湧現，化成了淚水奪眶而出。

蜜朗看我還在磨磨蹭蹭，悄悄遞上手帕說：

「氣泡都快跑光了。」

每次都這樣。只要遇到重要的場合，我就會忘記帶手帕。他今天的手帕上沒有咖哩味，而是他的味道。

「乾杯！」

QP妹妹終於迫不及待地大聲說道，因爲她一直拿著重重的杯子。水果汽水裡加了很多當令水果，簡直就像豪華的珠寶盒。我喝的慶祝氣泡酒，也靜靜流入喉嚨深處。

蜜朗翻開菜單說：

「聽說這裡不管點什麼都好吃，有中式餐點，也有義大利餐點，我們各自點自己想吃的菜。」

蜜朗的酒量不太好，但已經喝了超過半杯。

我也翻開菜單，發現的確有很多令人食指大動的餐點。老闆娘走過來爲我們點餐，所以決定從蜜朗開始，三人各自點喜歡的菜。

「我要斑馬沙拉、胖胖燒賣和本店特製油漬沙丁魚。」

QP妹妹說：

「我要培根蛋義大利麵！」

我把菜單翻來翻去，才終於決定。

「慈姑蝦鬆，還有蟹肉蔬菜燴飯，燒賣請給我們三個。」

我心情很愉快，難以相信自己前一刻還在流淚。

認識守景父女之後，我體會到用餐的樂趣。認識他們之前，我當然也很喜歡美食，但即使是相同的料理，一個人悶著頭吃比起和喜歡的人一起有說有笑地吃，味道完全不一樣。這個世界上，沒有比和喜歡的人一起吃美食更幸福奢侈的時間了。

「明天還要寄結婚通知。」

我喝完第一杯酒時說。

「我也要幫忙。」

QP妹妹自告奮勇。

「啊，QP妹妹，妳剛才說『我』。」

我忍不住看向蜜朗。

「妳昨天還叫自己QP妹妹。」

蜜朗也很驚訝。

「也對，上了小學之後，說自己的時候就會說『我』了。」

我完全不記得自己小時候的情況，我也曾經有過叫自己「小鳩」或是「波波」的階段嗎？如果問上代，她或許會告訴我，但如今已經不可能了。

我突然想起一件事，趕緊在內心對上代說。

我結婚了，而且立刻就當媽媽了。

喔，是喔。

我好像立刻聽到從天上傳來上代愛理不理的回答。

如果上代還活著，不知道會怎麼看蜜朗這個人。搞不好蜜朗可以很自然地和難搞的上代和睦相處，上代也會很中意他。

這家餐廳的餐點名不虛傳，每一道都好吃得沒話說。雖然不是家常菜，但也不是廚師像在炫技般的高檔味道，而是從像QP妹妹這種小孩子，到爺爺、奶奶都會覺得好吃的大眾口味。QP妹妹幾乎一個人把培根蛋義大利麵吃光了。

「吃得好飽。」

「今天可能真的點太多了。」

「如果吃不完，就打包帶回家啊。」

胖嘟嘟砂鍋內的蟹肉蔬菜燴飯還沒吃完。

如果只有蜜朗一個人，我可能不會和他結婚。但因爲有QP妹妹，所以我才和他結了婚。我清楚知道這件事。

我想和QP妹妹成爲一家人。而且，最希望我和蜜朗結婚的不是別人，正是QP。

「慢慢地。」

我可能有點醉了，但腦袋還很清楚。

「慢慢地？」

六歲的QP妹妹應該也感受到我想要傳達重大事項，她目不轉睛地看著我。

「對，我們慢慢地變成母女就好。如果太努力，努力到一半就會累壞了，所以我們都不要太勉強自己。」

自從決定結婚後，我一直在思考這件事。

上代一定曾經很努力。爲了拉近和我之間的距離，她努力不懈，想要當一個稱職的「上代」，但反而讓我感到痛苦不已，所以我決定不努力，絕對不要勉強自己成爲QP妹妹的母親。只要有朝一日，在能夠眞正成爲她的母親之前，自然地慢慢縮短和她之間的距離就好。

因爲不想浪費主廚費心製作的料理，所以我把油漬沙丁魚塞進胃的縫隙中。油漬沙丁魚有淡淡的苦味，是大海春天的味道。

「今年夏天，我們要一起去海邊。」

到時候也要邀鄰居芭芭拉夫人同行。目前就連芭芭拉夫人也還不知道我登記結婚這件事。

我當然知道婚姻生活並不容易，相信之後遇到的挫折會多得像山一樣，也許有一天會後悔，早知道就不應該結婚。也無法保證不會發生被QP妹妹說「我討厭妳」而感到沮喪，或是和蜜朗吵架後，獨自流淚到天亮這種事。

但是，我覺得只要有像今天這麼美好的日子，應該可以克服這一切。就像水果汽水裡加了滿滿的水果一樣，今天就像是人生的犒賞。

「客人越來越多，而且也有點想睡覺了，我們走吧。」

蜜朗上完廁所走回來後，就開始收拾東西準備回家。餐桌上的餐盤裡雖然還有一點剩菜，但幾乎都已經吃完了。

「我吃飽了。」

我在胸前合起雙手，閉上眼睛小聲說道。QP妹妹也一臉乖巧地做出相同的動作說：「我吃飽了。」她果然和一年前不一樣了，就像草木生長一樣，QP妹妹也向天空張開了枝葉。

「蜜朗。」

走出餐廳，我半開玩笑地叫了一聲。這是我第一次出聲這麼叫他。我趁著酒興，輕輕挽著他的手臂。

今晚是個美好的夜晚。海風輕輕地吹、輕輕地吹，好像要撫平誰心頭的舊傷。雖然我平時很少有機會來海邊這一帶，但我開始覺得大海也很不錯。

我們搭公車在鎌倉宮車站下車後，去向護良親王報告我們成爲了一家人。雖然平時都只在鳥居下鞠躬一拜，今天卻特地走上階梯，三個人並排站在正殿前，跟著「一、二、三」的口令，分別投了香油錢，然後一起搖了鈴，鞠了兩次躬，又啪、啪拍了兩次手，再度合掌參拜。最後又鞠了一躬之後，才慢慢走下階梯。

「晚安。」

我在鳥居下向他們父女道別。

我往左側走，蜜朗和QP妹妹往右側走。

雖然一度覺得今天晚上好像應該住一起，但山茶花文具店明天也要營業，蜜朗也要開店。很希望以後可以住在同一個屋簷下，但目前暫時採取各住各家的方針，我們稱之爲「就近分居」，眼下就在不會造成彼此負擔的範圍內相互串門子。

「晚安。」

走到街角時，我轉頭再度向他們道別。果然不出所料，他們仍然站在那裡，蜜朗站在好像隨時會熄掉的昏暗路燈下用力向我揮手。

隔天星期六，我用了整整一個下午製作結婚通知。

上午顧店的時候，我就已經大致構思了通知的內容，但實際著手進行時，發現是一項讓人昏倒的作業。

我當然知道原因。那就是因爲我想要自己動手做活版印刷。

去年年底，一家因爲沒有人接班而歇業的印刷廠送給我一些鉛字，我打算實際使用這些鉛字。

但是，說得容易做來難。

我完全沒有想到，撿字是這麼費工夫的一件事。

以前的人都是經過這種一步一腳印的撿字作業，才能把書印出來。這麼一想，就對從事印刷業的人佩服得五體投地。如果換成是我，不要說排一整頁，恐怕還沒排完一行就放棄了。這項作業也太考驗人的毅力了。

排版的步驟就是先找出需要的鉛字，再按照文章的內容排版，最後塗上油墨，印在紙上。但是，鉛字很小，長時間作業時，眼睛越來越花。而且所有鉛字都和平時看到的文字左右相反，所以更增加了難度。

原本打算該寫漢字的地方就要用漢字，但不是我說話誇張，如果要結合漢字，恐怕到明年才能完成。

最後變成一篇只有平假名的結婚通知，而且因爲將原本的文字能刪則刪，結果內容變得很乏味。

好像缺少了點幽默感。我正在爲此煩惱，便聽到嘎啦嘎啦的開門聲。

「波波，我們來吃點心。」

QP妹妹衝了進來。不知不覺，已經到了吃點心的時間。我慌忙停下手，去玄關迎接她。

「今天吃鴿子餅乾，好嗎？」

我問，QP妹妹露出了笑容。

鴿子餅乾是附近一位經常來買文具的阿姨送的。她女兒要去應徵工作，我指導她女兒寫履歷表，結果阿姨就送了最大盒四十八片裝的鴿子餅乾。我正在爲自己吃不完那麼多餅乾發愁，沒想到QP妹妹成爲很有實力的好幫手。我打算等餅乾吃完後，把這個鐵盒用來裝QP妹妹的文具。

我在杯子裡倒了滿滿的冰牛奶遞給QP妹妹。自從QP會一個人來找我玩之後，我的冰箱裡隨時都會準備牛奶。QP最近喜歡把鴿子餅乾泡在冰牛奶裡吃。

「可以分我一口嗎？」

雖然我吃不下一整塊鴿子餅乾，但想吃一口甜食。QP妹妹對我說「啊嗯」，我就像小鳥一樣張大嘴巴等待，她從尾巴折了一小塊放進我嘴裡。

鴿子餅乾眞的很好吃，口感溫和，有手工製作的味道。但聽說在明治時代推出時的名字叫「鴿三郎」，實在太好笑了。三郎簡直就像是演歌歌手的名字。

「有沒有可以畫畫的紙？」

QP妹妹伸出雙手問我。她轉眼間就把鴿子餅乾吃光了，嘴邊沾了很多餅乾屑。我平時都會蒐集背面還可以寫字的紙，我從架子上抽出一張，QP靈巧地折了起來，最後完成了一架紙飛機。

但是，她的紙飛機都飛不高、飛不遠。我看著QP妹妹奮戰的樣子，也忍不住手癢想要折紙飛機。我猜想紙飛機應該有好幾種折法，小時候學的折法是把長方形的紙放在桌上，先對折一下，然後把紙攤開，再把下側兩端折成三角形。

拿紙試折時，稍微有點想起來了。這樣也不對，那樣好像也不太對。反覆試了多次之後，終於完成了紙飛機。

「我完成了！妳看！」

我的紙飛機機頭很尖，看起來像是國產的客機。

「好漂亮！」

QP妹妹也忍不住稱讚。

我把紙飛機用力推向空中，紙飛機搖搖晃晃飛向佛壇的方向。完成一趟優雅的飛行。

QP妹妹拿起我的紙飛機試飛。我在一旁看著，突然靈光一閃。

把結婚通知印在紙飛機上，用紙飛機的方式寄出去怎麼樣？這個靈感太異想天開，我忍不住一個人興奮起來。

因為如果有一天，打開信箱時看到裡面有一架紙飛機，不是會很開心嗎？收到的人一定會大吃一驚，只要能夠讓對方稍微開心一下，就可以成為我們微小的，卻是發自內心的禮物。

剛才一個人默默和鉛字奮鬥時，我忍不住有點後悔，早知道應該用電子郵件通知親朋好友。如果用電子郵件，不需要這麼費工夫，轉眼之間就可以傳到所有人手上。既有效率，又不需要花錢。忍不住嘆息，自己在做這種無用的事簡直像個傻瓜，但現在又覺得剛才這麼想的自己才是傻瓜。

人生能夠有幾次機會寄結婚通知？當然要好好發揮一下身爲代筆人的矜持。

今年春天　我們決定成爲一家人。
三個人搭上同一艘小船　划向大海，
請大家用溫暖的眼神　守護我們。

因爲手邊沒有專用的字盤，只能把幾個詞組的鉛字放在一起後，用紙膠帶固定，然後分散蓋在紙上，讓紙飛機攤開時，剛好可以出現在適當的位置。我使用了不容易乾的特殊油性墨水蓋印。

我在構思時，原本並不是寫「成爲一家人」，而是「結婚了」，但如果寫「結婚了」，就變成是我和蜜朗兩個人的事，QP妹妹被排除在外。這是包括QP妹妹在內，我們一家三口的出航，所以我又重擬了內容，最後改成「成爲一家人」。

油墨完全乾了之後，我按照折紙的訣竅折成紙飛機，但機翼的部分很容易張開，變成一架鬆散的紙飛機，所以最後決定在兩個地方用釘書機固定。

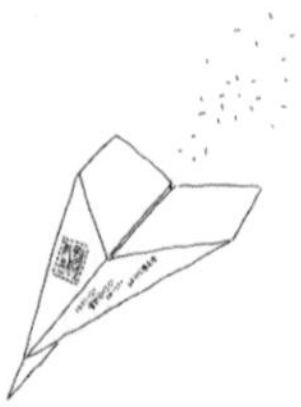

最近市面上出現了不需使用釘書針的釘書機，我決定使用無針釘書機。因爲一旦使

用釘書針，可能會不小心刺進指尖，甚至導致收信人受傷，所以我平時就極力避免使用必須用釘書針的釘書機。

寄信人的位置，我決定讓每個人寫上自己的名字，爲了避免紙飛機下落不明，還要寫上寄信人的地址。

至於紙張，我選用了質地比較堅挺的鮮豔黃色A5紙。有點眩目的黃色是太陽的顏色，黃色也是令人產生希望的色彩。

我不記得自己曾經買過黃色的紙，可能是上代不知道在哪裡尋到的寶，然後一直放在那裡。因爲紙張有一定的厚度，所以這架紙飛機長途旅行也沒問題。這種紙張的重量，可以適用非標準尺寸郵寄品最便宜的郵資，只要貼上一百二十圓的郵票，就可以用紙飛機的形狀投進郵筒。

我確認了裝郵票的盒子，發現裡面有一百三十圓的郵票，我決定使用江戶時代畫家歌川廣重所畫的東海道五十三次系列版畫推出的郵票。這是每年國際通信週推出的紀念郵票，描繪了日本江戶時代從江戶到京都的驛道——東海道沿途經過的五十三個休息站，郵票上有山有海的風景很美，絕對是通知親朋好友一家人即將啓航的絕佳郵票。雖然比實際需要的郵資多了十圓，就當作是給平時經常光顧的郵局小費。

我埋頭作業，不知不覺已經傍晚了。明天是星期天，也是山茶花文具店公休的日子，所以星期六晚上去蜜朗家過夜漸漸成爲我們之間的默契。

先讓蜜朗看一下樣本，只要他認爲沒問題，就可以正式著手進行。爲了能夠在他家繼續製作結婚通知，我把必要的東西裝進了工具箱。除了剛才綁好的鉛字以外，還有印泥、郵票、紙、釘書機，爲了以防萬一，還帶上了用來寫自己名字的鋼筆。

突然覺得很安靜，才發現QP妹妹在外面玩紙飛機。

「差不多該去找爸爸了。」

我在QP妹妹身後說道，她好像也變成了紙飛機，張開雙手啪答啪答跑了過來。難以想像不久之前，還整天抱著凍僵的身體喊著「好冷、好冷」，轉眼芭芭拉夫人庭院內的枝垂櫻也即將迎接賞花季節了。

我和QP妹妹一邊玩著猜拳前進的遊戲，一邊走去蜜朗家。

QP妹妹屢戰屢勝，所以漸漸不見她的身影，但我們仍然大聲喊著「石頭」「剪刀」，繼續玩猜拳。

小時候，上代不准我這樣玩，所以現在或許是藉由這種方式，想和QP妹妹一起重回自己的童年時代。

平時走路只要十幾分鐘，我們一邊悠哉地玩猜拳前進遊戲，結果花了將近三十分鐘才走到。蜜朗和QP妹妹住的那棟老舊公寓位在坡道中間，蜜朗目前在一樓的店面經營咖啡店。

咖啡店的生意至今仍然很不理想，房東年事已高，只收取低於行情的房租，所以才能勉強經營。如果開在小町路那一帶，應該早就倒閉了。我覺得蜜朗很厲害的地方，就是他從來不會因此感到悲觀或是嘆息，他應該算是溫和的樂觀主義。我覺得這種類型的人搞不好即使被丟在叢林深處，也有辦法默默靠只吃那裡的食物繼續活下去。

咖啡店還沒有打烊，所以我用眼神向吧檯內的蜜朗打了一下招呼。今天咖啡店裡有兩組年輕女生，和一名男客。

沿著外側的樓梯走上二樓，用蜜朗給我的備用鑰匙開門進了屋。這裡是一房一廳的格局，有一個小廚房，還有一間小浴室和小廁所。爲了滿足QP妹妹想睡雙層床的心願，所以他們父女兩人平時一上一下分開睡。

臥室的衣櫃上放了一個小型佛壇，佛壇的門今天也關著。我不知道平時也關著，還是我來這裡的時候，蜜朗顧慮到我的心情，所以特地把門關上。既然佛壇的門關著，我合起雙手祭拜好像也很奇怪。最後我沒有祭拜，只是默默在心裡說了聲：「打擾了。」

QP妹妹央求我朗讀繪本給她聽，我從書架上抽出一本書讀了起來。那是一個有很多貓的故事，內容有點難度，我擔心QP妹妹會覺得無聊，所以忍不住偷瞄她，發現她露出認眞的眼神，目不轉睛地盯著繪本上的貓。

朗讀到中途時，QP妹妹的身體靠了過來。QP妹妹柔軟而溫暖，帶著淡淡的甜味，就像是剛做好的和菓子壽甘。

晚上，一家三口在打烊後的蜜朗咖啡店吃已過正餐時間的晚餐。春天是汆燙吻仔魚的季節，在白飯上加了滿滿的吻仔魚一起吃，再配一碗蔥花蛋味噌湯。蜜朗雖然拿出了午餐剩下的雞肉丸，但光吃吻仔魚就很滿足，遲遲沒有動筷子夾雞肉丸。

QP妹妹在一年前吃吻仔魚飯時，就要加美乃滋。我覺得從小孩子的健康角度來看，這種吃法似乎不太妥當，所以和蜜朗討論之後，把市售的美乃滋改成了手工製作的美乃滋。

雖然手工製作的美乃滋聽起來很難，但實際動手之後，發現其實很簡單，只需要用蛋黃、油和醋，最後加鹽調味而已。完成之後，我特地裝進市售的美乃滋容器中，再拿給QP妹妹。因爲我覺得這樣她會比較安心。爲了健康著想，每次都使用橄欖油。

和蜜朗交往之後，我的生活漸漸發生了變化，最大的變化就是日常的飲食生活。以前我幾乎都外食，如今開始自己下廚。即使只有自己一個人吃飯，以前會拿起錢包，騎上腳踏車外出覓食，最近是先打開冰箱，然後俐落地把義大利麵煮熟後，加點醬汁在家吃飯。遇見蜜朗和QP妹妹之前，我絕對不會這麼做。

一方面是因爲這樣比較省錢，最重要的是，我把QP妹妹的健康放在首位。我希望讓QP妹妹放心地吃安全的食物。

雖然我的廚藝還有待加強，但和以前相比，已經大有進步。只要看到QP妹妹津津有味地吃飯，我就覺得很滿足。說得誇張一點，只要這樣，就覺得自己也吃飽了。

我在收拾碗筷時，和蜜朗討論了結婚通知的事。當初是他先提出，因爲我們不打算辦婚禮，所以一定要確實通知親朋好友。

我把紙飛機的點子留到最後才說。因為我有一點點擔心，他可能會反對。蜜朗在有些奇怪的地方很保守，雖然他在任何事情上百分之九十九態度都很隨和，但在剩下百分之一的部分會頑固地堅持己見，所以我擔心他會說什麼結婚通知一定要方方正正。幸好只是我杞人憂天。

「統統交給專家處理。」

蜜朗動作熟練地把剩下的飯和吻仔魚混在一起做成飯糰時，靜靜對我說。他每天都會把剩飯做成飯糰，隔天早晨吃烤飯糰。這是守景家的傳統。

隔天，吃完烤飯糰配味噌湯的早餐後，就立刻開始作業。

「我們要按照蜜朗、我和QP的順序寫名字。」

我們首先用生產線作業的方式簽上各自的名字。之前填寫結婚登記申請書時我就隱約發現，蜜朗的字很醜，和他的外形完全不搭。

「爸爸寫的字太醜了。」

不需要我說出來，QP妹妹搶先皺著眉頭說。

「對不起，對不起嘛。」

蜜朗坦誠地道歉，但不管寫幾次，他的簽名還是差不多。我之前透過花蓮小姐那件事深刻了解到，字並不能完全反映一個人的全部。

當時，花蓮小姐說自己是「醜字人」，但其實並不是這樣。寫字並不是漂亮或醜這種表面的問題，而是如何用眞心去寫。我深信，就好像血管流著血一樣，只要筆跡中凝聚著寫字人的溫暖和眞心，一定可以傳達給對方。

「只要充滿眞心誠意地寫每一個字，就沒有問題。」

我緩緩寫著「子」這個字，小聲嘀咕著。

剛才向蜜朗提出犀利忠告的QP妹妹，拿著自己愛用的特粗特軟10B毛筆式鉛筆，寫下了自己的名字「陽菜」的注音。所有的簽名都不是鏡像文字。

這是我和蜜朗討論後，在QP妹妹上小學之前努力練習的成果。雖然她現在偶爾還會冒出鏡像文字，但不再像以前那麼頻繁，而且可以正確寫出自己的名字，絕對不會搞錯方向。

我之前和蜜朗認眞討論了到底該糾正她，還是一切順其自然。蜜朗小時候原本是左撇子，大人硬逼著他改成右撇子，所以至今仍然偶爾會有左右不分的混亂情況，所以他希望慢慢等待QP妹妹自己把鏡像文字改過來。

但是，我持反對的意見。我認爲左撇子只有自己不方便，並不會造成他人的困擾，文字是向他人傳達想法的手段，如果無法正確傳達，就失去了意義，所以趁早糾正她的鏡像文字比較好。最後，蜜朗同意我的意見，QP妹妹也學會了寫正確的注音。

我在蜜朗的名字下方簽自己的名字，每次寫「鳩」這個字，就會不由自主地想像上代在這個名字中寄託的心意。鳩代表鴿子，也許鴿子的翅膀上寄託了某些東西，帶向某個地方。這麼一想，就對鳩子這個名字充滿憐惜。這是我第一次對自己的名字產生這樣的感覺。

蜜朗在所有的通知上簽完名後，立刻去店裡做開店的準備工作。我打算和QP妹妹一起做多少算多少。

QP妹妹很認眞地折紙飛機，所以作業比想像中更順利，完成了一個又一個黃色紙飛機。

但是，接下來還有一件傷腦筋的事。

我忍不住煩惱，到底要先寫收信人的姓名、住址再貼郵票，還是先貼郵票，再寫收信人的姓名、住址。最後再貼郵票當然比較保險，因爲如果先貼上郵票，結果不小心寫錯收信人的姓名和住址時，還要花時間把郵票撕下來。

但我想到上代每次都先貼上郵票，她告訴我，因爲這樣有助於將姓名、住址寫得更協調，也能激發絕對不可以寫錯的緊張感。

「怎麼辦呢？」

我問一旁的QP妹妹。

「我肚子有點餓了。」

QP妹妹就像電池耗盡的娃娃一樣，啪答一聲趴在桌上。

「對不起，對不起。」

我太專心作業，完全忘了時間。我問QP妹妹想吃什麼，她回答說：「麵包。」

「好！那我們去 Bergfeld 麵包店買麵包！」

我把蜜朗平時騎的淑女腳踏車座椅放低後，爲QP妹妹戴上安全帽。QP妹妹已經學會騎自己專用的腳踏車了，不喜歡坐在淑女腳踏車的後座椅，所以我不需要載她。

「小心路上的車子。」

雖然沿著公車大道去那裡比較快，但那條路上車子很多，所以我們稍微繞了點遠路，騎經過荏柄天神前的小路。我頻頻回頭，確認QP妹妹是否安全跟在我身後。若QP妹妹出了什麼狀況，我也活不下去。我沿途都很擔心她，甚至無暇欣賞盛開的櫻花。

我們在 Bergfeld 麵包店隔壁的香腸店買了兩個蟹肉奶油可樂餅，還有火腿和香腸，又去 Bergfeld 買了兩個漢堡麵包、兩個奶油捲麵包、小土司，以及蜜朗愛吃的德國編結麵包。

在我小時候，Bergfeld 麵包店一直是我嚮往的地方。因爲上代不讓我吃甜食，尤其不讓我吃西點，所以這種欲望更加強烈。

尤其刺蝟，更是我單戀多年的目標。現在回想起來覺得很丟臉，也很抱歉，但在讀小學時，我經常在放學後，站在麵包店外凝視著櫥窗。淋著巧克力醬的刺蝟，總是在視線的前方。

「波波，刺蝟在那裡。」

以前曾經把這件事告訴 QP 妹妹，結果每次經過 Bergfeld 麵包店前，她都會告訴我刺蝟是不是在那裡。

長大之後，終於吃到的刺蝟蛋糕和我想像的味道不一樣，但每次只要看到刺蝟，就無法再選擇其他蛋糕。這成爲我目前的煩惱。

「今天不用了，因爲我們等一下不是要做點心嗎？但如果妳想吃的話，也是可以買。」

這樣寵她沒問題嗎？也許我不是她的親生母親，所以才會說這種話吧。這個想法閃過腦海，但並不是只要對她很嚴格，就可以變成眞正的母親，上代不是已經實際證明了這件事嗎？

「今天要做點心，所以不用了。」

QP 妹妹想了一下後回答。星期天下午，我們都會一起做點心。我決定要爲 QP 妹妹做所有我以前希望大人爲我做的事。

回到蜜朗家之後，我俐落地做了三明治。把冰箱裡剩的洋芋沙拉拿出來後，再切小黃瓜，然後放上萵苣。剛才買了剛炸好的蟹肉奶油可樂餅，所以就直接端上桌子，香腸放在平底鍋裡煎得香脆之後就完成了，接下來只要自己夾各自喜歡的餡料就可以吃了。

我打開用來做三明治的漢堡麵包，只夾了淋上醬汁的蟹肉奶油可樂餅。帶著海水香氣的奶油白醬，從鬆脆的麵衣之間探出頭。

「好好吃喔。」

我感嘆地說。

「好吃啊。」

QP妹妹也甩著兩隻腳感嘆著。QP妹妹把煎過的香腸夾在漢堡麵包中間，做成了熱狗。

最後，我還是決定先貼郵票。如果考慮到自己，最後再貼郵票當然比較輕鬆。但如果爲對方著想，先貼上郵票，考慮整體協調後寫上姓名、住址，就可以讓對方收到更漂亮的紙飛機。只要我不寫錯姓名和住址就沒問題了。我在吃蟹肉奶油可樂餅三明治時，想通了這個簡單的道理。

「QP，可以請妳幫忙貼郵票嗎？」

吃完三明治，我在擦弄髒的桌子時問她。

「我要貼。」

QP妹妹很有精神地舉手回答。

我先貼了一張樣本，示範郵票的位置。

QP妹妹看著樣本，小心翼翼地拿起一張郵票放在舌頭上。郵票的背膠成分是聚醋酸乙烯酯樹脂和聚乙烯醇，據說沒有毒性。我小時候很喜歡用舌頭舔郵票後貼在信封上，所以完全能夠理解QP妹妹的想法。但是，現在長大之後，就不再覺得郵票有什麼好吃。更何況只舔一、兩張也就罷了，如果舔幾十張，很擔心會對身體有什麼不良的影響。

「妳最好不要用舌頭舔。」

雖然我這麼勸她，但QP妹妹似乎沒聽到。蜜朗以前曾經告訴我，帶孩子的時候，學會睜一隻眼、閉一隻眼很重要，所以我也只好睜一隻眼、閉一隻眼。

話說回來，當初想出郵票這種東西的人實在太厲害了。英國是全世界最初建立使用郵票這種郵政制度的國家。

在此之前，必須由收信的人支付郵資，但因爲郵資很昂貴，窮人即使收到了郵件，也因爲付不起郵資，只能退回郵件。

於是，這些人就和寄信人事先決定暗號，想出了即使不必打開信封，只要把信封放在陽光下，就可以看到內文的方法。比方說，如果信紙上畫了一個圓圈，就代表一切平安；如果寫了一個叉，就代表身體不好。如此一來，就不必支付郵資了。

但是，郵差送了信，卻收不到錢，當然會虧錢，無法繼續做這門生意。羅蘭．希爾挺身而出，決定設法解決這個問題。雖然他現在享有「近代郵政制度之父」的美譽，但原本只是一介平民。他想出了預付郵資的方法，於是，英國在一八四〇年，建立了使用郵票的郵政制度。

日本有一個叫前島密的人，在英國留學期間認識這個制度，留下了深刻印象，回到日本之後，也在日本建立了相同的制度。一圓郵票上的那個爺爺就是前島密，日本是在明治四年（一八七一年），距今一百五十年前開始實施近代郵政制度。

「必須感謝羅蘭．希爾和前島密。」

我在最後的紙飛機上貼郵票時小聲嘀咕。接下來只要寫上姓名和住址，然後送去郵局的窗口交寄，從一雙手交到另一雙手上，紙飛機就會飛向收信人的信箱。光是想像這個過程，就忍不住興奮不已。

櫻花花瓣毫不猶豫飄落的黃昏，胖蒂一臉興奮地走進山茶花文具店。

「我終於看到女神巴巴了！」

胖蒂一口氣說道。

「啊？在哪裡？我也想看她！她來鎌倉了嗎？該不會要在橫濱體育館舉辦演唱會？」

我忍不住探出身體。因爲女神卡卡曾經有一段時間成爲我人生的導師。

「就在小町路上，但是，妳是不是搞錯了？我遇到的不是女神卡卡，而是女神巴巴。最近經常有人看到她，我也終於看到她了。」

「女神巴巴？」

「沒錯，女神巴巴，她的背影和女神卡卡一模一樣，但從正面看，就是一個歐巴桑。咦？妳真的不知道嗎？這可是目前鎌倉的熱門話題。」

胖蒂露出意外的眼神看著我。

「對不起，我的消息向來很不靈通。」

我小聲辯解。

「如果是女神卡卡，我無論如何都想見識一下本尊。」

雖然當年無膽，只敢去混「109辣妹」，其實我很希望可以像女神卡卡一樣。本名叫史蒂芬妮・喬安・安潔麗娜・潔曼諾塔的女神卡卡，完全做到了穿自己喜歡的衣服，化自己喜歡的妝，自由自在過日子，完全不在意別人的眼光。

「難以想像妳竟然是女神卡卡的小怪獸。」

胖蒂大驚失色。

我知道在只認識目前的我的人眼中，會覺得我和女神卡卡根本沾不上邊，但對我來說，女神卡卡至今在我心中仍然有特殊的地位。

在「109辣妹」時代，我無處可去，苦悶地在街上遊蕩時，耳機內隨時都用大音量播放女神卡卡的歌曲。即使聽不懂那些歌詞的意思，我仍然毫不懷疑地相信，那些是屬於我的歌。

我動手和上代打架，十之八九都爲了女神卡卡，每次我在半夜聽ＣＤ時，上代總是像凶神惡煞般衝進來關掉音響。

所以，如果能夠見到女神卡卡本尊，我想要告訴她，只要對她說一句話就好——妳的歌拯救了我。

但在鎌倉出沒的，似乎並不是女神卡卡本人，而是模仿女神卡卡的女神巴巴。

「我覺得值得一看，從某種意義上來說，比本尊更厲害。」

雖然胖蒂這麼說，但無論背影再怎麼像，我對不是本尊的女神巴巴完全沒有興趣。

「不就是個冒牌貨嗎？」

我忍不住不屑地說。

「啊，對了，我收到了紙飛機。恭喜妳，新婚快樂。」

胖蒂突然改變話題。

「妳有沒有很驚訝？」

我有點害羞，所以故意冷冷地問。

「我很想告訴妳，我太驚訝了，但事情的發展完全不出我的意料。也許妳以爲妳和阿蜜交往神不知、鬼不覺，但是小姐，明眼人早就看出來了。」

原來是這樣。鎌倉果然是一個隔牆有耳，隔門有眼，完全藏不了祕密的地方。

「我現在可是一個孩子的媽了。」

我用戲謔的語氣說完，胖蒂突然說了一句意味深長的話。

「前輩。」

我驚訝地「啊」了一聲，看著她。

「我現在懷孕三個月了。」

她壓低了音量，在我耳邊小聲地說。

「恭喜妳！」

我情不自禁緊緊抱住了胖蒂的身體。難怪她今天的胸部看起來比之前更壯觀了。

不知道男爵和胖蒂的孩子會長什麼樣子。比起我和蜜朗結婚的事，胖蒂懷孕這件事更加震撼。

「但是，請妳暫時向大家保密。」

胖蒂把食指放在嘴唇前，看著我的眼睛說。

「我不會告訴別人。」

我向她保證。我說的「別人」中，當然也包括了蜜朗和QP妹妹。上代嚴格教導我，身爲代筆人，一定要徹底保守客人的祕密。這個教誨已經在我內心深處生了根。

即將迎接黃金週的某個晴朗下午，那個少年出現在山茶花文具店。

「午安。」

那筆直的聲音，聽起來就像是從腹部深處沒有繞道，直接發出來的聲音。我抬起頭，發現一個戴了棒球帽的少年站在那裡。

「妳好，我叫鈴木多果比古。我從北鎌倉來這裡，想請教有關代筆的事。呃，請問妳就是雨宮鳩子小姐吧？」

他說話的感覺比外表看起來更穩重。聽他說話的聲音，應該過沒多久就會變聲了。他的臉和手腳都曬得很黑，所以我起初完全沒有發現多果比古的眼睛看不到，但看到他左顧右盼，好像在找什麼東西的同時觸摸桌角，我才驚覺他似乎失去了視力。

「請坐。」

我拿出一張椅子。

即使我對他說「請坐」，他知道椅子的位置嗎？我一時不知道這種時候該如何幫忙，如果突然碰觸他的身體，他搞不好反而會嚇一跳。

「呃，我會走向聲音傳來的方向，所以沒問題。」

多果比古似乎察覺到我的慌亂，用平靜的聲音對我說。

他從放了商品的貨架和貨架之間，緩緩朝我的方向走來，只有在他坐下時，我稍微扶了他一下。

「謝謝。」

多果比古是個很有禮貌的少年。

「我去準備飲料，你想要喝冷飲還是熱飲呢？」

多果比古聽了我的問題後，稍微想了一下，用堅定的語氣說：

「可以給我一杯水嗎？我剛才一路走過來，有點口渴。」

我覺得好像在和成年人說話。

「要不要加冰塊？」

「可以請妳幫我加兩、三顆嗎？」

多果比古喝了水之後，我又重新問他：

「你想委託我寫什麼？」

他直視著我的眼睛說：

「我想寫信給媽媽。母親節快到了，我打算除了送康乃馨以外，再寫一封信給媽媽。我的眼睛幾乎看不到，平時都用點字閱讀，想要表達什麼的時候，就直接說出來，所以即使不會寫字，日常生活也不會有太大的問題。但是，我希望像其他小孩一樣寫信給媽媽。」

看著多果比古，就可以了解他媽媽在他的成長過程中給了他充分的愛。

「你給媽媽的信中想寫什麼？」

「呃……那個，」他聽了我的問題後，小聲嘀咕說：「謝謝媽媽、每天都為我做便當，啊，還有……」

他說到這裡，有點欲言又止。

「還有什麼？」

我用溫柔的語氣問他，過了一會兒，多果比古忸忸怩怩地說：

「我很慶幸媽媽是我的媽媽。」

我差一點落淚。多果比古的臉漲得通紅。

我很慶幸媽媽是我的媽媽。

通常不是要在人生邁入晚年，子欲養而親不在時，才會有這樣的心境嗎？我也是在失去上代之後，才開始感謝上代是我的外祖母。多果比古在這麼小的年紀，就已經發現了這麼重要的事。

「你媽媽很溫柔嗎？可以請你告訴我，媽媽是怎麼樣的人嗎？」

有個像多果比古這樣的兒子，媽媽一定愛死他了。

「媽媽生氣的時候超可怕，但平時很溫柔。每到夏天，就會帶我去河邊抓青鱂魚，也會帶我去烤肉，但即使我眼睛看不到，希望媽媽也不要突然親我的臉頰。」

多果比古露出不悅的表情。他媽媽一定覺得他太可愛了，所以忍不住想要親他。

「你的視力是怎樣的感覺？」

我很有把握，即使問這個問題，多果比古也能夠回答我。

「我可以感覺太陽的明亮和夜晚的黑暗，所以，在有太陽的地方時，世界就會變得很明亮。雖然媽媽很擔心我曬太陽會中暑，但我喜歡曬太陽。」

多果比古說得沒錯，他渾身散發出不可動搖的安定感，的確像是在太陽下長大的孩子。

「多果比古，我有一個提議。」

我挺直了身體對他說。我相信他可以看到一切。也許可以說，什麼都看不到其實就是看到了一切，所以我相信他一定可以感受到我挺直了身體。

「我當然可以代你寫，但我在想，你也許可以自己寫。但我會協助你，你覺得怎麼樣？」

因爲我覺得多果比古親筆寫的字是最好的禮物。

「我嗎？我自己寫信!?」

多果比古似乎完全沒有料到我會向他這麼提議。

「當然，你不會寫的地方，我會負責協助，你的信並沒有很長，我認爲只要稍微練習一下，可以由你自己完成。」

多果比古思考了一下後，靜靜回答說：「好。」

這一天，我們先完成了決定寫在信上內容的作業。多果比古希望盡可能使用漢字、字寫得小一點。他似乎可以用注音寫，但六年級的多果比古主張這樣像小孩子寫的信，他不喜歡。

他想寫一封符合他年齡的信，在媽媽面前展現自己的帥氣。我看到了多果比古的男子氣概，徹底愛上了他。

我請多果比古明天再來山茶花文具店一趟，我陪他練習之後，再正式寫信。

目送多果比古離開後，我怔怔地眺望著屋外。

蝴蝶在樹葉縫隙撒下的斑駁陽光中飛舞，輕飄飄、輕飄飄地在天空中飛來飛去，好像會飛是一件無比快樂、無比喜悅的事。牠完全沒有想到有人正在看牠，只是一個勁地跳舞的身影美極了。

牠用全身表達了活在此刻的幸福。

蝴蝶、多果比古和QP妹妹都一樣，都是活生生的生命。

山茶花文具店有信紙信封組專區。以前並沒有這個區域，但去年春天之後，慢慢開始放一些針對大人的商品。雖然其中也有小學生可以使用的可愛信紙信封組，但大部分都是成熟的設計。

妳是代筆人，如果大家都自己寫信，妳不是就沒生意了嗎？有一次，來買自來水毛筆的可爾必思夫人這麼對我說，但我覺得這種擔心是多餘的。我覺得郵筒從這個世界消失這件事反而更可怕。如果大家都不再寫信，郵筒可能就會撤走，就好像隨著手機的普及，公用電話越來越少。

不知道多果比古會挑選哪一種信紙。可愛的？還是簡單的？我在輕輕撣去商品上的灰塵時，忍不住開始想像。

從上代壁櫥中出土的古董地球儀，原本是放在店內作爲裝飾的非賣品，但有客人再三懇求，希望可以賣給他，所以如今已經沒有地球儀，只好用玻璃筆和墨水塡補了原本的空位。玻璃筆是整家山茶花文具店最昂貴的商品，由一位日本年輕製筆師製作，整體充滿凜然的感覺，每次看到那支筆，都會不由自主地挺直身子。

「午安。」

多果比古在和昨天差不多的時間出現了。

他站在山茶花文具店門口，脫下棒球帽，恭敬地鞠了躬，然後突然遞上一枝杜鵑花說：

「這個送妳。我家院子裡開的，我聞到了味道。請問是什麼顏色？」

「是很漂亮的橘色。」

「啊，太好了。」

多果比古笑了笑。他這種行爲，讓我對他越來越著迷了。因爲氣溫不斷上升，所以外面應該很熱，汗水從他的太陽穴流了下來。

「謝謝你，我馬上爲你倒冰水。」

我讓他坐在椅子上之後，急忙從冰箱裡拿出冰水，把他送我的杜鵑花插在杯子裡，放在廚房作爲裝飾。

「你先挑選信紙。」

多果比古一口氣喝完冰水後，我對他說。

上午的時候，我已經從店裡的信紙信封組中挑選出這次可以用的信紙，我把這些信紙排放在他面前。

把信紙交到多果比古的手上後，請他逐一確認紙張的質感和大小，並盡可能具體說明信紙上的畫，以及是否有線條。

多果比古一次又一次用手掌撫摸著信紙表面，用指尖確認紙張的大小。他的記憶力驚人，我只說明一次，他就完全記住了。

最後，多果比古在左上角畫了三隻鳥、形狀稍微不規則的信紙，和背面印了地圖的德國信紙之間舉棋不定。

多果比古再度用手掌撫摸著德國信紙，他的動作看起來好像在從信紙上感受某種重要的東西。

「這眞的是以前用來印地圖的紙，對嗎？可以請妳告訴我是什麼地方的地圖嗎？」

多果比古用嚴肅的聲音問我。

「呃，上面有河流，還有山。」

我看著地圖回答。

「山？」

多果比古抬起頭，他的手掌仍然摸著地圖，露出了好像在撫摸山一樣的陶醉表情，然後終於下定了決心。

「我要選這種。因爲媽媽以前很喜歡登山，聽說還去攀登過外國的山，但生了我之後，就幾乎沒時間去登山了。我希望可以去很多地方旅行，也希望媽媽可以去旅行，而且，只有三隻鳥的信紙，妹妹可能會不高興。」

多果比古說話時，輕輕摸了摸有鳥圖案的信紙。

「我們家有四個人，所以最好能有四隻鳥。這樣可以嗎？」

「當然可以。」

我回答說。沒想到他在挑選信紙時，能夠這麼深思熟慮，考慮到很多人的心情。多果比古眞是個小紳士。我爲他準備了幾張和信紙相同大小的紙，讓他用來練習。

然後，我把多果比古帶到戶外的桌子旁。我事先把平時放在店內的舊桌子搬了出去，因爲我認爲他在戶外寫比較方便。

「啊，這裡有光。」

多果比古張開雙手，好像用手掌抱著光，小聲嘀咕著。

雖然他說話時很輕鬆自然，但所說的話就像是詩人說出的、具有深奧意義。

多果比古雙手抱著光，露出燦爛的笑容。他眞的很喜歡太陽，也許他覺得只要在太陽下，就可以看到一切。

他爸爸曾經教他寫注音和一些基本的字。多果比古說：「是在泡澡課堂學的。」他和爸爸一起泡澡時，爸爸先在他的背上寫字，當他記住後，就換他寫在爸爸背上。他用這種方式練習每一個字，所以他自己用信紙寫信也並非太困難。

首先，由我輕輕扶著多果比古的手一起練習信的內容。他已經想好了寫給媽媽那封信要寫什麼。

練習了四張之後，多果比古基本上可以自己寫了，只是字會在不知不覺中越寫越大，這種時候，我就會輕聲提醒他。

「要不要開始用正式的信紙寫？」

我問多果比古，他用力點了點頭。我希望在太陽下山前寫完。我又重新削了鉛筆，然後把筆尖稍微磨平後，放在多果比古的右手中。

「可以了嗎？」

我把手輕輕放在他的肩膀上，他一臉緊張，連續深呼吸了兩次。我繼續把手放在他的肩膀上。

多果比古認眞寫完每一個字，就抬頭看向太陽的方向，彷彿在眼瞼內逐一確認。他可能從記憶深處喚醒爸爸泡澡時，在他背上寫字的筆跡。

多果比古的樣子，宛如正在用獨特的語言和太陽神交談。

051　艾草丸子

媽媽

謝謝你

每天都為我做好吃的便當。

我很高興是媽媽，

當我的媽媽。

媽媽，請你以後

要常常去爬山。

媽媽我還有一個心願，

我明年就是中學生了，

臉頰的親親，也可以畢業了啦。

多美比古 敬上

多果比古放下鉛筆的瞬間，肩膀緩緩下沉。剛才練習時，一直寫不好的「我」「願」和「業」這幾個複雜的字，正式寫信時都寫得不錯。

「多果比古，你寫得很好欸。」

他應該在腦海中計算了信紙的大小和文字的量，下方沒有空餘太多，名字剛好寫在理想的位置。

「你的名字好棒喔。」

多果比古聽了我的稱讚，害羞地笑了起來。

我把信紙對折後，塞進了信封。

「完成了，給你。」

我把信交給他。

「請問要多少錢？」

多果比古從椅子上站起來問。

但是，這樣的工作無法用價格衡量，相反的，我還想送禮給他，表達內心的感謝。

「那我就收信紙和信封的錢。一百圓，不，可以請你給我五十圓嗎？」

「這……」

多果比古說不出話。

「請你記得送漂亮的康乃馨給媽媽。」

多果比古聽了我的話，順從地說了聲「謝謝」，從錢包裡拿出五十圓硬幣。這次的工作太光榮了，簡直想用緞帶穿進這五十圓硬幣中間的洞做成獎牌。

我曾經送過一次康乃馨給上代。那時我就讀小學一年級，剛好是QP妹妹目前的年紀。

我用壽司子姨婆給我的紅包買了紅色康乃馨，當然很期待上代收到花時會很高興，沒想到結果慘不忍言。

上代從我手上接過康乃馨後端詳了半天，然後對我說：

「我比較喜歡洋石竹，妳別像傻瓜一樣，母親節就只會送康乃馨，根本就是被花店說什麼母親節要送康乃馨這種廣告手法騙了。」

說完，她把包裝精美的康乃馨塞回我手中，繼續說：

「妳去退還給花店，花錢買這種低俗的花太浪費了，而且沒幾天就枯掉了。」

之後的事，我只剩下哭泣的記憶。我一路哭著走去附近的花店，然後又哭著向花店的人說明了情況。

花店的人應該也察覺到事態嚴重，把康乃馨的錢退還給我。現在每次經過那家花店，都會想起當時的痛苦記憶，不由地感到難過。

只不過我當時並不知道上代跟在我的身後。她在寫給住在義大利的筆友靜子女士的信中，提到了這件事。

上代在信中說，她很後悔當時對我說了那些話。她完全沒想到我會送她康乃馨，因爲太驚訝，結果脫口說出她不要，但其實心裡很高興。爲了掩飾內心的喜悅，爲了掩飾害羞，不知不覺才說了那些話。

結果，那成爲我這輩子唯一一次送康乃馨給她。

那次之後，每逢母親節，我和上代都假裝不知道，好像這個節日根本就不存在。因爲曾經發生過這種事，所以我討厭母親節。每次聽到別人熱熱鬧鬧慶祝母親節，就有一種被世界遺忘的感覺。母親節無法送康乃馨的人，應該不可以有任何感受。

但是，多果比古讓我了解，其實這是一個美好的日子。

整個黃金週都忙得不可開交。山茶花文具店平時門可羅雀，整個假期不知道吹了什麼風，竟然一直有客人上門買這買那，挑選了很多商品。

在高興的同時，也爲山茶花文具店一直以來緩慢流動的空氣，好像被颱風眼吞噬般感到不安。而且，因爲我和蜜朗兩個人都很忙，所以無法和他見面也令人難過，但幸好每天晚上都會用電話聊很久。

雖然我們住得這麼近，卻好像在談遠距離戀愛。

黃金週最後一天的傍晚，芭芭拉夫人翩然走進山茶花文具店。因爲隔天就要上班的關係，鎌倉瘋狂的熱鬧氣氛終於平靜下來。

這幾天，因爲接待了太多客人，臉頰和眼睛周圍的肌肉都有點痠痛，腦袋也有點昏沉沉，我正打算喝杯甜甜的檸檬紅茶。

「波波，妳在嗎？」

店內響起芭芭拉夫人悠然輕快的聲音。

「馬上來。」

我立刻在茶壺內加了兩人份的熱水。

我拿了茶壺、茶杯，快步走回店裡，發現站在那裡的芭芭拉夫人一身飄逸的洋裝。

「好久不見。」

眞的好久沒見到她了。

上次見到芭芭拉夫人時還是冬天。那天很冷，我們一起去大町吃寬扁麵。之後我因爲決定要結婚，所以整天忙來忙去，芭芭拉夫人也出門了很長一段時間。

「對不起啊，一直沒來向妳打招呼。」

「不不，我猜想妳又和男朋友一起去旅行了。」

「差不多吧，但這次是我一個人去旅行。」

「啊？一個人嗎？好瀟灑啊。」我對她說。

芭芭拉夫人從口袋裡緩緩拿出紙飛機。

「我發現了這個。」

紙飛機不知道是否曾經穿越亂流，機翼有點破損。

芭芭拉夫人用平靜的語氣說：

「恭喜妳，妳要幸福喔。」

「謝謝妳，我一定會幸福。」

我恭敬地鞠了個躬。

不知道爲什麼，芭芭拉夫人對我說的話，比其他任何人的祝福更讓我深有感慨。

「波波，妳一定沒問題。」

既然飽嚐了人生酸甜苦辣的芭芭拉夫人對我這麼有信心，我認爲和蜜朗、QP妹妹一起建立幸福的家庭，是對她最大的回報。

「紅茶泡好了。」

我把紅茶倒進茶杯，遞給芭芭拉夫人。

然後，我們像平時一樣閒聊起來。

和蜜朗、QP妹妹成爲一家人當然很棒，但對我來說，和芭芭拉夫人之間的關係也同樣重要。這也是即使結婚之後，我繼續住在上代留下來的這棟老房子的原因之一。

「波波，妳累了吧？」

芭芭拉夫人臨走時問我。

「也許吧。」

我承認之後，發現身體頓時變得更重了。

「法國人見面時，經常問對方『ça va?』就是問對方『你好嗎？』。通常都會回答『oui』，就是很好的意思，但聽說身體狀況眞的不佳時，可以老實回答『non』。說起來也很有道理，因爲任何人都不可能身體一直很好。」

「當別人問，你好嗎？必須有足夠的勇氣才會回答『我不好』，但一旦說了之後，自己或許就可以輕鬆些。」

我對芭芭拉夫人說。

「反正，累的時候，最好的方法就是好好睡一覺。如果勉強自己，日後一定會付出更大的代價。我已經決定，再也不要勉強自己。波波，謝謝妳請我喝好喝的紅茶。我也累了，要回家睡覺去。」

芭芭拉夫人離開後，立刻聽到外面傳來「歐巴桑」的聲音，好像一直在等待這一刻。我走出去一看，發現牠蹲在山茶花下，一動也不動地看著我。

今年之後，牠又開始偶爾來這裡露臉。牠是在這一帶出沒的野貓，蜜朗爲牠取了「歐巴桑」這個名字。

「歐巴桑，過來。」

我跑去廚房，從冰箱裡拿了魚乾跑出來，遞向歐巴桑。

歐巴桑的警戒心很強，遲遲不靠近。

無奈之下，我只好把魚乾放在文塚前。歐巴桑等了一會兒，然後像忍者一樣動作敏捷地搶走一尾魚乾。

牠應該在很多地方，被很多人餵食，而且也為牠取了不同的名字。歐巴桑的肚子越來越肥了。

歐巴桑似乎來通知夜晚的來臨。

我匆匆關了店門，在沙發上縮成一團，立刻陷入了沉睡。

夏日漸近的八十八夜

滿山遍野的新葉繁茂

以立春為始計算的八十八夜後的星期六下午，QP妹妹放學後，我和她一起採茶菁。因為我從上代寫給靜子女士的信中得知，原來院子裡竟然有一棵茶樹，但即使知道了這件事，也一直不知道是哪一棵樹。

蜜朗告訴我哪棵樹才是茶樹。他在四國的深山裡長大，關於大自然的知識很豐富。

於是我靈機一動，既然院子裡有茶樹，那乾脆自己動手來做新茶。

「要小心摘下最上面的三片茶葉。」

我們各拿了個竹簍，開始採下茶葉的嫩芽。

冬天期間蓄積了營養的茶菁含有豐富的成分，被譽爲長生不老茶。我以前一直以爲茶葉都只能買現成的。

但是，要採下剛冒出的茶菁，也就是茶葉小寶寶，總讓人於心不忍。前端嫩芽的部分和下方蹦出的嫩芽葉眞的還很柔嫩，閃著亮光，用全身表達在陽光下露臉的喜悅。

我和QP妹妹把這些茶葉小寶寶採得精光，如果我是茶葉媽媽，一定會難過傷心，所以，我在採茶菁時，不停在心裡說著「對不起」和「謝謝」。

QP妹妹很喜歡玩帶動唱的遊戲，從剛才就一邊唱歌，一邊採茶。採茶歌的帶動唱遊戲是QP妹妹教我的，但我好不容易才記住手的動作，遲遲記不住歌詞。

「差不多好了。」

我和QP妹妹的竹簍中都裝了滿滿的茶菁。

回到廚房後，先確認了上代寫在紙上的茶葉製作方法。

我之前完全不知道家裡有茶樹，也不知道上代自己在家裡做茶葉。

我按照上代寫的步驟又蒸又炒又揉，因爲剛炒完的茶葉眞的很燙，所以揉茶葉時，QP妹妹只能旁觀。我雙手的手掌都紅了，但仍然揉壓著茶葉，把茶葉揉碎。

QP妹妹在中途就膩了，跑去外面跳繩。芭芭拉夫人聽到聲音後，叫住了QP妹妹，所以她現在去芭芭拉夫人家玩了。芭芭拉夫人和QP妹妹是好朋友。

「牽手搖搖搖，轉過來再搖搖搖。」

静子：

這裡的風一天比一天更冷，即將迎接茶樹開花的季節。妳有沒有看過茶樹開的花？我最喜歡茶樹的花，一到秋天，茶樹就會開出小小的白花，花形有點像山茶花。想要做出好喝的茶，茶菁是關鍵，所以要剪掉花，但是，我就是無法做到。因為它們實在太可愛了，所以只能手下留情。義大利也有茶樹嗎？如果妳找到茶樹，請務必試試自己動手做茶葉，也可以做紅茶，只是發酵很費工夫。我是日本人，所以還是綠茶派。趁我還記得這件事，先把製作茶葉的方法寫給妳。

明年春天，如果有機會，請妳務必要試一試。自製的新茶味道很不一樣。

《茶葉的製作方法》

一、採下一心二葉

二、不必清洗，用蒸籠分批少量蒸（蒸的時間為三十秒到一分鐘之間）。

三、飄出香氣後，立刻熄火，攤在竹簍上，用扇子搧風。

四、放在平底鍋內乾炒（用小火慢慢炒）。

五、炒掉一些水分後，放在砧板上，用雙手揉碎（小心不要燙到手！）。

六、重複四和五的過程，至水分完全炒乾。

七、乾燥後就完成了。

點心子

她們好像又在玩帶動唱遊戲。我配合她們唱的童謠節奏，用木鍋鏟炒著平底鍋內的茶葉。茶葉已經相當乾了，當我回過神時，發現廚房內飄著馥郁的茶香。

明天要去採艾草。因為我和QP妹妹約定要做艾草丸子，完成之後，再來享受自製的焙茶。

隔天，在蜜朗家吃完早餐後，我和QP妹妹兩個人出門去採艾草。往瑞泉寺方向的坡道中途有很多艾草，根本不需要尋覓。我們盡可能挑選剛冒出嫩芽的新鮮艾草。

採完艾草後，先回我家，我做了拿坡里義大利麵。下午開始和QP妹妹一起做艾草丸子。

我用砂鍋煮紅豆的同時，在旁邊的瓦斯爐上汆燙艾草，水很快就變成了深綠色，飄出清新的香氣，凝聚了春天的氣息，我覺得自己好像站在森林中。

和煦的風不時從敞開的窗戶吹進來，黃鶯在後山悠然歡唱。雖然目前還稱不上是美聲，但在迎接初夏時，一定會變得悅耳動聽。

QP妹妹穿上兒童圍裙，頭上綁著三角頭巾，心情似乎很不錯，從剛才就一直哼著歌。她哼的是〈雪絨花〉。她快樂的時候、開心的時候都會哼這首歌。我相信她自己一定沒有意識到這件事，而是不知不覺哼起這首歌。也許是她小時候經常聽媽媽哼唱。

我聽著QP妹妹的〈雪絨花〉，擰乾了剛撈在竹簍裡的艾草，切碎之後，放進了研磨缽。

「妳可以幫我嗎？」

我請QP妹妹幫忙按住研磨缽。

「我想自己磨。」

QP妹妹說完，拿起了研磨棒，咚、咚、咚的好像在搗年糕一樣，雙手握著研磨棒捶著研磨缽的底部。她這個年紀，任何事都想自己做。我把糯米粉和嫩豆腐放進研磨缽，中途開始直接用手混合。

等紅豆煮好之後，我們一起做丸子。先放在雙手手掌之間搓動，最後再稍微壓扁，中央用大拇指壓出一個凹洞。聽說這樣可以讓餡料中間也能煮透。

把搓好的艾草丸子放進沸水中，不一會兒，艾草丸子就搖搖晃晃地浮在沸水表面。

QP妹妹又說她想撈艾草丸子，於是我讓她站在小凳子上，把濾杓交給她。

「只要一浮上來，就要馬上撈起來。」

QP妹妹聽我這麼說，全神貫注地看著鍋子。我發現她的表情和去年夏天撈金魚時的表情一模一樣，覺得很好笑。

我相信以後，QP妹妹週日像這樣一整天都和我黏在一起的情況會越來越少，一旦她交到好朋友，就會覺得和朋友一起玩開心多了。搞不好她有一天會對我說，她才不想做什麼點心，叫我想做的話就自己做。

我自己當年也一樣。正因為這樣，所以不會把眼前的瞬間當作理所當然，而是隨時感謝神明。

雖然去叫了芭芭拉夫人，但她好像出門了，所以只有我們兩個人一起吃點心。

我把昨天做的茶倒進茶壺，愼重地把熱水倒進去。在泡茶的時候，把艾草丸子分裝在白色小碟子裡。有仙鶴圖案的小碟子是新年時從以前的八幡神社帶回來的。

把茶壺裡的茶水咕嘟咕嘟倒進杯子時，立刻飄散出一股難以形容的香氣，好像連空氣都染上了一抹淡淡的綠色。

「好棒喔。」

我嘆著氣嘀咕。

「好棒喔。」

QP妹妹也和我一樣，瞇起眼睛，一臉陶醉的表情，然後我們兩個人一臉誠懇地準備開動。

我先喝了一口焙茶。

腦袋中浮現了上代在信中提到，她很喜歡茶樹上開的花。自製的茶好像帶有花的味道，溫潤的味道中隱約帶著淡淡的甜味。

「眞好喝。」

我百感交集地說。

「丸子也很好吃。」

QP妹妹咬著塞滿嘴的艾草丸子，小聲說。

「要咬碎之後再吞下去。」

我說話的語氣就像母親。也許是因爲QP妹妹剛才好像在玩泥巴一樣拚命搗的關係，所以丸子的口感很有彈性，而且醞釀出複雜的風味，難以相信那麼簡單就可以完成。那是大地強而有力地呼吸的味道。無論焙茶還是艾草丸子，都可以在生活中找到製作的材料，這件事讓我驚訝不已。

傍晚的時候，QP妹妹把要帶給蜜朗吃的艾草丸子放在背包裡，邁著小小的步伐走回家裡。

明天又是新的一週，雖然星期天還沒有結束，但我已經引頸期盼下一個星期天了。在這個星期中慢慢思考下週要做什麼點心，也是一件快樂的事。

我很慶幸自己嫁給了蜜朗。

隔天早晨，我在信箱裡發現了一封沒有貼郵票的信。我像往常一樣，打掃完門前，爲文塚換水之後，不經意往信箱的方向一看，發現裡面有信件。我忍不住想，該不會是QP妹妹？拿出來一看，果然是她寫給我的信。

我和QP當了一陣子筆友，但這半年左右都沒再寫信。我迫不及待站在那裡，當場打開了信。小心翼翼地拆開兔子貼紙後，裡面是一張手工製作的卡片。

她在哪裡學到了「愛」這個字？卡片的左半側貼了用色紙做的康乃馨。淚水忍不住奪眶而出。我很高興她把我歸在「母親」這個類別中。對喔，昨天是母親節。

因爲實在太高興了，所以我很得意地把QP妹妹的卡片放在佛壇旁。有了這張卡片，我就可以繼續活下去。就好像只要一丁點配菜，就可以吃很多飯一樣，我覺得無論未來的人生有多少苦難，只要有這張卡片，日子仍然可以繼續過下去。這張卡片是我人生中最強的菜餚。

不經意地抬起頭，發現芭芭拉夫人家的繡球花已經染上了色彩。我沒有時間發呆，如果不好好睜大眼睛，也許就會錯過人生中精采的畫面。

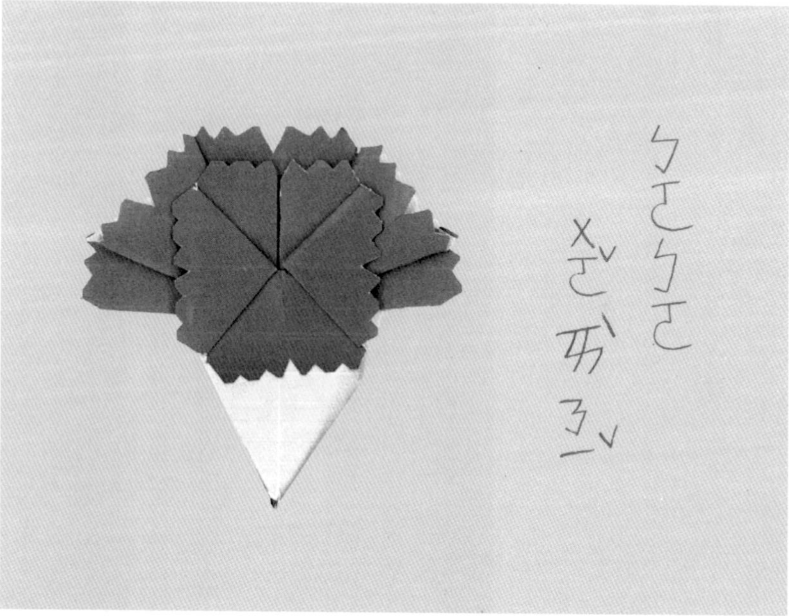

義式冰淇淋

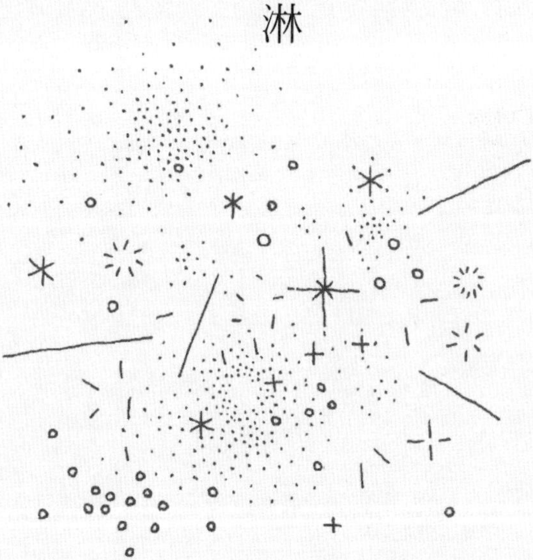

橫須賀線的鐵軌旁盛開著白色的蜀葵。在我小時候，那一帶的花更多。以前，有一個老婆婆在精心照顧那些花，沒有再看到老婆婆之後，花的數量少了許多，但即使老婆婆離開人世，白色蜀葵每年都盛開依然。

我終於下了決心，從今年六月開始，山茶花文具店要增加一天公休，改成星期一也公休。所以，從星期六下午開始，星期天和星期一都休息。雖然因此造成收入減少，無法高枕無憂，但房子是自己的，所以生活應該沒問題。

週末的時候，我想和蜜朗、QP妹妹在一起，即使想去採買，鎌倉街頭到處擠滿了人，根本無法動彈。

我在觀察之後，發現星期一沒什麼客人上門，很多商店也選在星期一公休。

而且，雖然是公休，但我並不是只顧著玩樂。我需要有時間做家事，思考店裡的事，或是專心做代筆工作。

最近增加了許多上門委託代筆的新客人，別看我好像整天閒閒沒事做，其實該做的事堆積如山。

星期一早晨，我騎上腳踏車去買新的毛筆。島森書店一開門營業，我就立刻衝了進去。

車站前的島森書店雖然是一家書店，但角落設置了文具區。文具店的老闆去買文具聽起來很奇怪，但山茶花文具店雖然有自來水毛筆，卻沒有眞正的毛筆。我不知道明確的原因，只知道上代從某個時期開始停止販售毛筆。

我這麼急著來買毛筆，當然有原因。因爲QP妹妹要從今天開始練毛筆。

我在六歲那一年的六月六日開始練書法，QP妹妹也提出想要用毛筆寫字。她似乎在多次看到我練書法之後，也潛移默化地產生了興趣。

我並沒有特別希望QP妹妹練書法。

相反的，無論是芭蕾、游泳，或是珠算，還是補習班，我希望她去學自己眞正有興趣的事，沒想到QP妹妹主動想要練書法。對她來說，今天就是她六歲的六月六日。

既然已經騎腳踏車來到車站前，於是乾脆去 Yukkohan 買了便當。這家便當店以前在獨棟的房子做生意，現在搬到附近公寓的一樓店面。

是芭芭拉夫人告訴我這家 Yukkohan。這家便當店只有每週一、二、三營業，所以今天很幸運地買到了。之前只能偶爾分吃芭芭拉夫人買回家的便當。

今天有薑燒豬排、炸海苔包鯖魚、茄汁雞肉炒櫛瓜、燉蔬菜，還有奶油起司高麗菜番茄沙拉。

看著裝在大盤子裡的各式菜餚，肚子忍不住咕咕叫。飢腸轆轆時美食當前，根本是一種折磨。因爲菜餚的種類實在太多，我難以選擇，最後點了今日特餐便當。

我又去了紀伊國屋書店，買了一袋平時喝的京番茶，然後騎向八幡神宮的方向。我發現沿途不知不覺中增加了很多新的商店。

回到家後，重新加熱了早上泡的京番茶，然後開始吃便當。用餐時，思考著必須在今天完成的代筆工作。

上週五，山茶花文具店快打烊時，那個女人走了進來。她自我介紹說，她叫葉子，我一眼就看出她是代筆的客人。因爲她滿臉緊繃的表情，不，正確說，是像日本傳統藝術能劇中，表現憤怒、嫉妒和苦惱情感的女鬼、般若面具的表情。寧靜的憤怒像蒸騰的熱氣，在面無表情的臉龐深處晃動。

「我希望妳代我寫一封丈夫給我的信。」

葉子女士面無表情地說。

她的眼神空洞，彷彿茫然注視著宇宙的黑暗。葉子女士告訴我，她的丈夫在不久之前離開了人世。

「反正他就是一個差勁到極點的老公，完全不顧家，只顧著自己吃喝玩樂。那時候家裡的孩子年紀還小，他就和公司裡的工讀生搞七捻三，結果被公司開除了。我從那時候開始，就外出打工，一肩扛起養家的責任。沒想到他竟然就這樣出車禍死了。他死到臨頭，都是一個廢物。」

葉子女士娓娓道來，不時露出傾訴的眼神注視我。

「明明老公死了，但我完全哭不出來。其實我希望自己可以更難過，只是對老公的憤怒無法平息，所以完全難過不起來。如果我老公出現在我面前，我很想狠狠揍他一頓。」

我想像著葉子女士的內心，不由得悲從中來。

「妳希望先生寫怎樣的信給妳？」

我輕聲問，以免擾亂葉子女士的心情。

「我希望他向我道歉。只要他能夠好好認錯，這樣就足夠了。他死後已經快滿四十九天了，我總覺得如果不好好解決這件事，我以後也無法好好過日子。現在我痛苦不已，晚上根本睡不著。」

葉子女士看起來眞的很痛苦。

「請問妳有妳先生的照片嗎？」我問。

「我有這個。」葉子女士說完，從信封中拿出一本護照。

「因爲我找不到他的照片，連遺照都是用這上面的照片。」

他之前經常因公出國出差嗎？我翻著護照，發現裡面蓋了很多印章。

最後一頁的「持照人塡寫欄」用工整的字塡寫了姓名、住址和電話號碼，感覺他在寫的時候微微皺起了眉頭。在下方的「發生意外時的聯絡方式」中，塡寫著葉子的名字。

「我可以影印這一頁嗎？」

我小心翼翼地問。

「我已經不需要這種東西了，就放在妳這裡吧。」

葉子女士冷冷地說。

「好，那就先由我保管。」

接著，我稍微了解了他們的戀愛故事，但葉子女士從頭到尾都沒有喝一口茶。

我總覺得極度的憤怒困住了真正的葉子女士，使她完全動彈不得。

我必須在今天完成這封信，讓她趕快擺脫這些憤怒。

「我回來了！」

QP妹妹放學回家，我立刻切換了思考。

「妳回來啦。」

走去玄關，發現戴著黃色帽子的QP站在門口的水泥地中央。酒紅色的皮革後背書包，背在她身上看起來有點大。

「學校怎麼樣？」我問。

「今天的營養午餐有印尼炒飯耶！」

QP妹妹目前最期待每天的營養午餐。

我把長桌子搬到榻榻米房間，完成了練書法的準備工作。我們一前一後一起跪坐在桌子前，首先練習磨墨。

除了毛筆以外，其他所有書法道具都是我以前用的，所以很自然地想起上代之前教我練書法的事。我從QP妹妹身上看到了當年的自己。

「磨墨的時候心情要保持平靜。」

平時我無論說什麼，QP妹妹都會搞笑，今天卻專心地默默磨墨。因爲她年紀還小，沒有足夠的力氣，所以磨了很久，墨汁還無法變黑。我中途問了她幾次，要不要我幫忙？她緊緊握著墨條說，要自己磨。好不容易把墨磨黑時，她的右手已經全黑了。

洗完手之後，她再度跪坐在長桌前，終於拿起了毛筆。我覺得她用新毛筆比較好，所以特地去買了這支毛筆。我雙腿跪在QP妹妹身後，右手輕輕握住她的右手，然後一口氣寫了一個圓。

我記得上代並沒有用這種方式教我，她一開始就叫我自己練習畫小圓圈，但我喜歡寫滿整張宣紙的大圓圈。

因爲心情很暢快，也很有成就感。而且，無論誰畫圓圈，看起來都很有模有樣，這就是圓圈的好處。

我只握著QP妹妹的手寫了一次，她很快就學會了畫圓圈。

「妳眞是天才。」

QP妹妹聽了我的稱讚後越寫越有勁，我也心血來潮，在她旁邊一起練習書法。

首先在宣紙上寫下自己的名字。

守景鳩子

在未來的人生中，我應該會寫這個名字幾千次、幾萬次，每寫一次，守景鳩子的輪廓就會越來越深。

我的內心當然會感到不安。因爲遇見蜜朗完全是巧合。我偶然踏進蜜朗經營的咖啡店，於是認識了他。有時候忍不住懷疑，可以就這樣，只靠自己生活周圍的事物堆積起幸福嗎？但我也不可能去結識世界各地的人，和他們聊天、約會，然後從中挑選「全世界最棒」的人選。對我來說，這種巧合成爲必然，所以此時此刻，我和ＱＰ妹妹才會在這裡練書法。

我換了小楷筆，練習用小字寫自己的名字。

正當我專心寫字時，突然感受到有一股甜美的香氣，溫柔拍著我的肩膀。不知道是誰家院子裡的梔子花開了。

「好香啊。」

我在說話的同時轉頭看ＱＰ妹妹，發現宣紙完全變了樣。圓圈下面用注音寫了「守景陽菜」的名字，但她竟然在圓圈內還畫了眼睛和鼻子玩了起來。

「啊喲！」

幸好上代不在這裡。如果被她看到，一定會大吃好幾驚。

「這是笑咪咪麵包啊。」

QP妹妹露出滿面笑容。她和宣紙上的笑咪咪麵包都笑得很燦爛，笑咪咪麵包完全是QP妹妹目前的心情寫照。

「好，沒關係。」

「不可以這麼不認眞」「毛筆不能拿來玩」。如果要教訓她，可以有很多理由數落她，但我說這種一本正經的話，沒有人能得到幸福。而且我越來越覺得QP妹妹畫的笑咪咪麵包很有氣勢，好像隨時可以聽到笑聲。我相信她只有此時此刻才能畫出這個笑咪咪麵包，更何況圓圈，也就是「圓相」，是出色的禪畫，據說代表了宇宙、世界整體，以及眞理和領悟的境界。

看了QP妹妹的笑咪咪麵包，我也想要來畫圓相。

我攤開新的宣紙，用毛筆沾取了飽滿的墨汁，然後閉上眼睛，按順時針的方向緩緩畫圓。張開眼睛，發現畫了一個占滿整張宣紙的圓。

「今天就先練到這裡。」

或許是因為很久沒有跪坐，站起來時，發現雙腿發麻了。平時做代筆工作，我都用椅子坐在店內的桌前，或是坐在廚房的餐桌旁寫字，已經忘記了跪坐在榻榻米上的感覺，反倒是QP妹妹一臉輕鬆的表情。

我用紙膠帶把QP畫的笑咪咪麵包貼在玄關。外出回家時，一眼就看到這張笑臉相迎，是一件多麼快樂的事。

不知道哪裡又飄來了梔子花的香氣，輕飄飄、輕飄飄，穩靜地飄過來，沒有發出任何腳步聲。

練完書法，我和QP一起吃點心休息一下。今天早上，鄰居送傳閱板來的時候，也送來了力餅。因為力餅很容易壞，數量多時，就會分送給左鄰右舍一起分享。

吃完點心之後，QP妹妹走回蜜朗家，我也讓她帶了力餅給蜜朗。把收到的禮物再次分送給其他人稱為有福同享。

搞定了這些事，我把餐桌整理乾淨，將代筆的工具排在餐桌上。我再度翻開葉子女士的丈夫留下的那本護照最後一頁，根據一絲不苟的工整文字，想像他的為人。

葉子女士告訴我，他們在大學時代結了婚。他們在大學時參加了同一個社團，葉子是丈夫的學姊，也許她丈夫在不知不覺中，養成了任性依賴的習慣。葉子女士默默忍耐，他以為葉子女士默許，所以就一直很自私任性。

車禍發生時，車上還載了一個女人。她的丈夫絲毫不值得同情。

「他就這樣一個人去死了，妳不覺得他很自私嗎？」

每次想起葉子女士說的話，就忍不住悲從中來。

無論如何都必須助她一臂之力，必須融化葉子女士內心那些把她整個人困住的巨大憤怒，讓這些憤怒變成悲傷的淚水。

否則，葉子女士的人生太悲哀了。她絕對不是爲了背負這種痛苦來到人世，而且，和整天充滿憤怒的母親一起生活的孩子也很可憐。

我多次嘗試，在太陽完全下山後，才終於正式寫完那封信。我挑選了斑馬牌的Bankers鋼筆，那是以前銀行經常使用的鋼筆。

我放下了鋼筆。這款鋼筆已經停產，再也買不到了。生命也一樣，一旦死去，就再也無法復活。

我直到最後一刻，都在猶豫要不要在文末加一句「I love you」，但最後還是沒有寫。如果我是葉子女士，事到如今才聽到丈夫說這種話，反而會感到空虛不已，內心再度燃起熊熊怒火。

我希望葉子女士可以傷心流淚，所以不能太矯情，而且寫得太煽情，她反而會覺得掃興。我衷心希望葉子女士看了這封信之後，至少可以流下一滴眼淚。

葉子，對不起，請妳原諒我這個沒出息的老公。

我對如今這樣的結果感到非常、非常抱歉。

雖然我知道這不是道歉就能夠解決的事，但我現在後悔不已。

我從來沒有做過任何身為丈夫、身為父親該做的事，

所以才會受到懲罰，連我都覺得自己很沒出息。

我有一事相求，不一定是現在，但希望妳日後可以再婚。

而且我會祈禱妳下次能夠得到幸福的婚姻生活，

祈禱妳遇到一個和我完全相反的完美伴侶。

而且希望有一天，妳可以和女兒笑著說我的壞話，可以用力罵我。

最後，謝謝妳為我做的一切，

妳直到最後，都沒有放棄這麼沒有出息的我，

我發自內心地感謝妳。

我整天給妳添麻煩，真的很抱歉。

鎌倉今年也陸續出現了蜈蚣。雖然這種事不值得吹噓，但鎌倉是蜈蚣的寶庫。不知道是眞是假，聽說鎌倉是全日本最大的蜈蚣密集地帶。因爲這裡氣候潮濕，對蜈蚣來說，應該是最棒的樂園。

但是，一旦發現蜈蚣，絕對不能踩死牠。一旦踩死，牠就會向其他蜈蚣發出求助的信號，所以會引來更多蜈蚣。而且，蜈蚣基本上都是成雙成對生活，也就是說，只要看到一尾蜈蚣，就會有另一尾在附近出沒。

所以，一定要把夾蜈蚣專用的大鑷子放在隨時可以拿到的地方。這是在鎌倉生活的最高原則。

上代可以靈巧地用免洗筷夾起蜈蚣，然後趁蜈蚣還活著的時候，把牠丟進燒酒的瓶子，製作成蜈蚣酒。因爲蜈蚣酒是被蜈蚣咬到時的特效藥。

通常都會用熱水把蜈蚣燙死，或是把牠丟進熱水。有時候蜈蚣到處橫行，有時相對比較少，蜈蚣數量的多寡也有起伏，每年的情況都不太一樣。但基本上，每年的這個時期就要注意蜈蚣。

穿鞋子前，要先檢查鞋子裡是否躲了蜈蚣，把晾乾的衣服收進來時，也要先拍拍衣服，觀察蜈蚣有沒有躲在衣服裡，然後才放進籃子，否則等到被蜈蚣咬了再後悔就來不及了。

我去年和今年都再三叮嚀蜜朗，沒想到蜜朗還是被蜈蚣咬了。

今天，他的屁股被蜈蚣咬了一口。他在早上穿四角褲時，臀部突然一陣疼痛，然後就看到一尾蜈蚣從四角褲裡爬了出來。光是想像當時的情景，就不由得渾身發毛，但如果不是咬他的屁股，而是咬前面，結果應該會更悲慘，只能說這是不幸中的大幸。

蜜朗在電話的另一端痛得滿地打滾，我只好從上代製作的蜈蚣酒容器中，倒了一些在瓶子裡，然後一路快走送去他家。

蜈蚣酒看起來很噁心，之前有好幾次想把它丟掉，但最後還是留下來以防萬一，當初的決定顯然是正確的，必須好好感謝上代。

「所以我不是一直叫你要小心點嗎？」

我用蜈蚣酒擦拭著傷口，對蜜朗說教。傷口又紅又腫，看起來就很痛。但幸好被咬到的是蜜朗，而不是QP妹妹——如果我對他說這句話，他一定會很難過。QP妹妹今天也活力百倍地去學校吃營養午餐了。

「好丟臉，但好痛。」

蜜朗維持很糗的姿勢，不停說著這句話。他似乎覺得讓新婚妻子看到糗樣很丟臉。但也許結婚就是包括雙方在彼此面前曝露很糗的部分，如果我的屁股被蜈蚣咬到，也只能找蜜朗幫忙，所以遇到困難的時候只能相互包容。

把蜈蚣酒送去給蜜朗後，我立刻就回家了。開店營業的時間快到了，幸好他就住在附近。

但是，事後回想起來，蜈蚣事件只是預兆而已。因爲那天下午，比蜈蚣厲害好幾倍的人出現在山茶花文具店。

那個女人走進店裡時，我的心情很鬱悶。

那時候，我剛好在計算前一天的營業額，所以沒有立刻抬起頭，在計算到一個段落之前，都一直低頭敲計算機。我突然有一種不舒服的感覺，不經意地抬頭一看，看到一個銀髮女人的背影站在貨架後方。

女神巴巴似乎察覺到我在看她，所以轉過頭。

從正面看和從背面看的感覺的確完全不一樣。

她的背影像十幾歲的太妹，但正面就是一個上了年紀的歐巴桑。雖然偶爾會在電車上看到穿著迷你裙扮年輕的中年女人，但女神巴巴已經明顯超越了扮年輕的範疇。

我目瞪口呆，女神巴巴踩著高跟鞋，叩、叩、叩地向我走來。在我面前停下腳步時，突然對我說：

「借點錢給我。」

我一時有點莫名其妙。

「妳是說錢嗎？」

看她的樣子，不像是掉了錢包而走投無路，肩上背了一個ＬＶ皮包，至於是眞品還是仿冒品就不得而知了。我心跳加速，幸好除了女神巴巴以外，店裡沒有其他客人。

女神巴巴只要動一下身體，就飄來一股廉價的香水臭味，我比剛才更不舒服了。

「如果是一千圓，我可以借妳。」

她畢竟是客人，所以我努力以禮相待。如果她眞的因爲沒錢傷腦筋，至少該借她回家的車錢。

沒想到女神巴巴反而破口大罵：

「開什麼玩笑！一千圓怎麼夠？又不是給小孩子零用錢。」

也許我該報警，如果她繼續糾纏，萬一拿出刀子行凶，後果不堪設想。

「請妳等一下，我去拿飲料。」

我說完這句話，正準備站起來。

「妳不知道我是誰嗎？」

女神巴巴把臉湊到我面前說。她的氣勢太驚人，我忍不住把頭轉到一旁。她刷了睫毛膏後的睫毛，看起來就像羊栖菜。

我沒有吭氣，女神巴巴又繼續說道：

「眞是個冷酷的女兒，竟然連親生母親也認不出來。」

「母親？我聽不懂這句話的意思，我沒有母親。」

我努力用冷靜的語氣回答，但慌亂在內心不斷擴散。

「我是說，當初是我懷胎十月把妳生了下來，這種事怎麼可以忘記呢？現在是妳媽媽在開口向妳借錢。」

「開什麼玩笑！我不會借錢給妳，請妳離開這裡。」

我想起自己也不是沒混過世面的人，鼓起了全身勇氣對她說，但可悲的是，比起女神巴巴的氣勢實在差太遠了，而且聲音明顯很緊張。

「裝什麼乖孩子，妳這個不孝女，不要以爲可以逃出我的手掌心！」

我很想反駁她說：「到底誰是不孝女！」但怕她報復，所以忍住沒說。

女神巴巴走出文具店，用ＬＶ皮包用力打向山茶花的樹幹洩憤，但似乎怒氣未消，又用高跟鞋的鞋跟用力踹向文塚。

但是，山茶花和文塚都依然故我，一動也不動。

只有我嚇得全身發抖。

女神巴巴是我的母親……？

她並沒有任何證據，也許只是爲了騙錢而胡說八道，而且她的長相也和我不怎麼像。

但是，我在中途發現，女神巴巴的聲音和上代的聲音一模一樣。雖然我不願意相信，但女神巴巴剛才說的話也許不是胡言亂語。

我茫然地愣在那裡，無論怎麼思考，都無法得出任何結論，只有腦袋好像被人用力打了一下的衝擊遲遲無法消失。至今爲止，我從來沒有想過自己除了上代以外，還有其他親人。

更何況，我甚至不知道生我的人叫什麼名字。

然後，我終於想通了。

上代一直在保護我。

她掩護我，避免落入女神巴巴的魔爪。事到如今，這是唯一合理的解釋。

但是，我無法告訴任何人女神巴巴可能是我的母親。她目前是整個鎌倉的大笑話，這件事太丟臉了，我絕對說不出口。

只不過女神巴巴看起來很缺錢，雖然說出來別人可能會笑，但不能排除她狗急跳牆，綁架QP妹妹要求贖款的可能性。

然而，我死也無法將這件事告訴蜜朗。雖然這和蜜朗在我面前露出屁股，讓我幫他被蜈蚣咬的傷口擦藥一樣，都是丟臉的事，只不過丟臉的程度大不相同。想到蜜朗可能會看不起我，我就害怕得什麼都說不出口。

和女神巴巴出沒相比，蜜朗的蜈蚣事件根本不足掛齒。我回想起蜜朗光著屁股，在床上痛得打滾的樣子，才終於稍微笑了出來。

笑了之後，眼淚流了出來；流淚之後，又能夠稍微再笑了笑。淚水和笑容好像在拔河嬉戲。

我突然想到，不知道葉子女士怎麼了。不知道她看了那封信之後，有沒有流淚？不知道現在她是否能夠體會傷心的感覺？

今天這一天太驚人了。也許對我的人生來說，今天是個魔鬼星期三。

趁著梅雨季節難得的晴天，我正在把梅子攤在簷廊上。聽到店裡的呼叫電鈴響起，我慌忙衝回店裡，發現鎌倉夫人站在那裡。

「我想和我老公離婚。」

鎌倉夫人直截了當地說。我覺得她像一個人，立刻想到是埃及豔后，但那只是我想像中的埃及豔后。

她年紀大約五十五、六歲，乍看之下不像日本人，衣著很華麗，即使出現在熟女雜誌上也不足爲奇。她的鼻樑堅挺，五官輪廓很深，這張臉上有山又有谷。

「請坐。」

我有預感，她的故事一定很長，所以去後方準備飲料。爲QP妹妹準備的甘酒還剩了一些，我把昨天做的杏子果醬放進甘酒的正中央。

走回店裡，發現日本埃及豔后拿出扇子搧了起來。

不需要我插嘴，日本埃及豔后就娓娓道來。雖然她的外表像埃及豔后，但說話時有一點口音。她從小在茨城那一帶長大嗎？這麼說或許有點失禮，但這種反差似乎更增加了她的魅力。

日本埃及豔后結婚已經三十年，有一對兒女，兒女都已經成年，搬離了家中。雖然她沒有詳談，但她丈夫似乎並不是上班族，而是自己開公司做生意的老闆。在孩子年幼時，日本埃及豔后是家庭主婦，之後也有自己的事業，所以即使和丈夫離婚，經濟上也沒有問題。

她因爲丈夫發酒瘋，所以才決定離婚。

雖然丈夫平時很溫和，也很溫柔，但偶爾喝起酒來就會不醉不休，然後開始發酒瘋，對日本埃及豔后口出惡言。雖然目前還沒有直接對她動粗，但會亂摔東西，半夜大喊大叫，讓她難以招架。

「按照目前的情況發展下去，我覺得自己的生命會有危險。」

日本埃及豔后對我露出求助的眼神訴說著。

「我覺得該是痛下決心的時候了，至今爲止，我們彼此都已經爲對方盡了十分的努力，我覺得接下來各過各的人生比較好。我眞的累了，趁現在分手，我們都還來得及展開各自的人生。」

日本埃及豔后百感交集地小聲嘀咕後，低下了頭。

總而言之，日本埃及豔后希望我代她寫休書給她丈夫。

這些年，真的很謝謝你。
和你共同度過的三十年歲月，
是我人生的驕傲。
因為有你，我體會了很多幸福，
生兒育女是一場偉大的冒險，但也充滿希望，
如果沒有遇見你，我無法體會這一切，
所以，我發自內心地感謝你。
但這已經是我的極限，
我無法繼續陪伴在你的身邊，
我相信你了解其中的原因。
我們都已經為對方盡了十分的努力，
如果繼續讓你傷害我，我會無法再活下去，
請你原諒我這個有很多缺點的妻子。

說句心裡話，和你一起生活了三十年，
我對離開你之後，
是否能夠一個人過日子還沒有自信，
但是我認為無論為了我，還是為了你，
我都必須這麼做。
你可能對這件事感到很驚訝，
但我冷靜思考了很久，
覺得現在該是痛下決心的時候。
從今往後，我們將會走不同的人生路，
有朝一日，當我們分別變成老頭子和老太婆時，
如果擁有各自的伴侶，
到時候，也許我們可以笑著喝茶聊天。
隨信附上離婚協議書，我已經簽名、蓋章，
請你填寫之後交去公所，
麻煩你了。

我在寫這封信時感情太投入，覺得好像要和蜜朗離婚了，不由得難過起來。和蜜朗離婚？

我們才剛結婚，完全無法想像這種事，但沒有人能夠保證這絕對不會發生。日本埃及豔后應該也一樣，有些事即使一開始能夠一笑置之，但在共同生活多年之後，慢慢成爲心裡的疙瘩，漸漸無法原諒。然後開始對無法原諒的自己感到煩躁，也無法原諒這樣的自己。

結婚是兩個在不同環境成長的人成爲一家人，生活在同一個屋簷下，當然會發生很多摩擦。如果我和蜜朗從早到晚都生活在一起，也許會發現彼此的缺點，然後覺得難以接受。

即使是自己挑選的對象也可以離婚，爲什麼自己無法決定的血緣關係，卻無法憑自己的意志斷絕？

假設當年眞的是女神巴巴生下了我，她可以拋棄我，我這輩子卻無法和她斷絕關係嗎？父母可以滿不在乎地拋棄兒女，但兒女只有在自己或是父母死去的時候，才能夠擺脫父母，恢復自由，會不會太沒同理心了？

我仔細思考著這個問題，想起梅子還曬在外面。

對啊，對啊。

因爲天氣不錯，所以我把梅子攤在簷廊上。

每天翻動兩、三次，每次翻動時，都捏幾下梅子，據說這樣就會變好吃。我今年第一次依樣畫葫蘆地開始醃漬蜜朗最愛的梅子。蜜朗的奶奶教了我醃漬的方法，她今年已經九十歲了，但仍然下田工作。

我還沒有見過蜜朗的家人。原本打算在和蜜朗登記結婚時去拜訪他的家人，但他父母說，不必特地在工作忙碌的時候回去看他們。

蜜朗的老家在四國的深山裡，單程就要花一整天的時間。蜜朗笑著說，他家比非洲更遠，所以並不是能夠利用週末出發，小住一、兩天的地方，於是就決定等到三個人都有充裕時間返鄉省親的夏天再回去。

雖然還沒有見過蜜朗的家人，但他老家有時候會寄包裹上來。包裹裡裝的是老家農田種的蔬菜，和老家附近路旁休息站賣的味噌、豆子和水果。如果紙箱內有空隙，就會塞一些附近超市買的蒟蒻果凍，或是蜜朗姊姊烤的瑪德蓮蛋糕、餅乾，偶爾也會放一些他媽媽做的家常菜。

雖然蜜朗對這一切感到理所當然，我卻覺得新鮮得不得了，而且充分感受到家人的溫暖。以前和上代一起生活時，從來不曾有過這種事。我和蜜朗結婚後，第一次感受到平靜的家庭關係。

蜜朗的媽媽每次都會附上紙條說明寄來的東西，這種隨手寫的短信成爲我的寶貝。

我想起蜜朗曾經告訴我，他的老家原本是郵局。雖然這並不是我決定嫁給他的動機，但也是一個關鍵因素。雖然他家現在已經不再開郵局，但他姊姊利用原本是郵局的老房子開了一家咖啡店。蜜朗也是受到姊姊很大的影響，才會在鎌倉開咖啡店。

蜜朗很小的時候，每年元旦，他的奶奶就會滑著雪橇，挨家挨戶去送賀年卡。對我來說，老家是郵局這件事簡直太迷人了，聽說目前他姊姊開的那家咖啡店裡仍然展示了當時使用的看板和道具，所以我很期待去他家。

所幸女神巴巴沒有再度現身。自從那天她出現在山茶花文具店後，我整天惴惴不安，走在路上時，也很擔心她會跟蹤我，或是突然搶走我的皮包。一旦開始想像就沒完沒了，片刻都不得安寧。想到她可能半夜來敲門，晚上都無法安然入睡，那一陣子都睡眠不足。但一個星期過去，半個月又過去之後，我又漸漸恢復了以往的生活。

更何況我根本沒做任何虧心事，爲什麼要提心吊膽過日子，而且我發現這樣就是中了女神巴巴的計。我正大光明地過正常生活，才是對抗女神巴巴的唯一手段。

而且，我有QP妹妹。繼上個月月底的鎌倉書本嘉年華之後，接下來的季節，鎌倉的各種慶典一個接著一個。六月才剛結束了五所神社亂材祭，七月即將舉行期盼已久的煙火大會。每逢週末就外出走走，或是在家裡做點心，轉眼之間，就過了一個星期，然後一個月也一眨眼的工夫就過去了。

工作方面也有點忙，所以根本無暇理會女神巴巴。我也努力不去想這些事。

在夏越大袚結束的隔天，我正在擦山茶花文具店的窗戶，一名紳士精神抖擻地走了過來。他一身時下很少看到的白色麻質西裝，頭上戴著巴拿馬帽。我一時以爲是哪個知名的好萊塢明星大駕光臨，但仔細一看，發現他是日本人。

我猜想他只是路過而已，沒想到他在店門前停下腳步，仔細打量著上代寫的「山茶花文具店」這幾個字，然後不疾不徐地問我：

「請問這裡有爲客代筆嗎？」

當我們的眼神交會時，我終於想起了那個好萊塢明星的名字。這個男人的神韻很像李察．吉爾，但他當然不是李察．吉爾本尊，所以我在心裡叫他的名字時，會在李察和吉爾之間用括弧加上一個「半」字。

「沒錯。」

李察（半）吉爾聽了我的回答後，從西裝的胸前口袋裡拿出手帕，擦了擦脖子上的汗水。

「我從一大早就邊走邊找，找了好久。」

李察（半）吉爾用木訥的口吻說。

一看手錶，雖然離開店還有一點時間，但我還是提前開門。

「請進。」

我請他入內，李察（半）吉爾的身上飄來淡淡的柑橘香味。他可能很精通時尚，從頭到腳都完美無缺。也許這就是時下雜誌上所稱的天菜中年壞男人。

我請他在圓椅子上坐下，先去準備飲料。我昨天把烏龍茶的茶葉放在冷開水中，放進冰箱做了冷泡茶。把冷泡茶倒進看起來很清涼的杯子裡，端去店裡，看到桌子上放了一個信封，忍不住大吃一驚。

我差一點「啊！」的一聲叫出來，好不容易才吞了下去。那是日本埃及豔后請我代筆的休書，絕對錯不了。我腦袋裡一片混亂，但還是故作鎮定地把茶放在李察（半）吉爾面前。

「今天也很熱。」

我和他聊了無聊的天氣話題，以免他識破我內心的慌亂。

「妳聽我說，我老婆寄了這個到我公司。」

李察（半）吉爾說。他似乎並不知道這封信是我代筆寫的。既然這樣，我也馬上知道自己該採取什麼態度。

「你太太寫信給你嗎？」

發揮自然不做作的演技實在太難了。我把積在嘴裡的口水吞了下去，沒想到發出咕嚕一聲很大的聲響。我從剛才開始，心臟就緊張地噗通噗通跳個不停。

「雖然也算是一種信，但是是休書。」

李察（半）吉爾說話時，把紙從信封裡拿了出來。那封信沒有使用信紙，而是寫在純白色的紙上。我想要藉此表達太太方面完全沒有過錯，證明她的清白。

「請妳看一下。」李察（半）吉爾把紙遞到我面前。

我做夢都沒有想到，會以這種方式再度面對自己代筆寫的信。就連當代筆人資歷很長的上代，恐怕也不曾遇過這麼奇妙的事。

我重新看了自己寫的內容。雖然有點緊張，擔心萬一看到錯字或漏字怎麼辦，但幸好沒有這種疏失。

原本以爲李察（半）吉爾是來找我算帳，所以做好了被他質問爲什麼要爲他太太寫這種信，然後被臭罵一頓的心理準備，但李察（半）吉爾遲遲沒有開口罵我。

「我想要回信給我太太。」

李察（半）吉爾發現我看完信之後，這麼對我說。

所以說，這是代理戰爭，不對，應該是代筆之戰。我好像被捲入了棘手的夫妻吵架，而且夫妻兩人竟然都懶得自己寫信。

「請問回信要寫什麼？」

我很想抱頭倒地，但只能拚命克制，假裝現在才知道他們夫妻的事，向李察（半）吉爾了解情況。其實我心裡七上八下，驚慌失措。這種情況就叫一人分飾兩角嗎？竟然要代筆回覆自己代筆寫的信，簡直太悲哀了。

「我不想離婚，所以能不能請妳說服我老婆改變心意？」

夫妻吵架是全天下最無聊的事，就連吃飽撐著的狗也懶得理會，但即使打死我，也不可能告訴李察（半）吉爾，你太太是因爲你喝酒之後會發酒瘋，所以才討厭你。

李察（半）吉爾繼續說道：

「雖然這些事告訴妳也無濟於事，但根本是她先喝醉酒發酒瘋，而且是在蜜月旅行的初夜，初夜啊。她在晚餐時就狂喝香檳和葡萄酒，爛醉如泥，完全失控。她在床上嘔吐，又突然大吼大叫，我照顧了她一整晚，而且我記得她還打我。反正啊，新婚初夜就這樣被她毀了，徹底毀了。」

他當著我的面連續說了好幾次初夜、初夜，我反而羞紅了臉。我猜想他們在年輕時應該是一對俊男美女夫妻。

「那時候，你太太也很年輕，但現在回想起來，不覺得是可愛的回憶嗎？」

我不知道該怎麼回答，所以脫口說出臨時想到的話。李察（半）吉爾說話顧左右而言他，當我回過神時，發現自己已經被他牽著鼻子走。

李察（半）吉爾否定了我的意見。

「哪裡可愛？偶爾盡情地喝酒，她就要鬧離婚，也未免太誇張了。妳是不是也這麼認爲？」

我漸漸搞不懂自己該站在哪一方的立場表達意見。對我來說，他們夫妻雙方都是我的客人。

但是，根據我的觀察，他們夫妻之間的態度有很大的落差。日本埃及豔后覺得這件事很嚴重，李察（半）吉爾卻完全沒感受到事態的嚴重性。也許是因爲我代筆的休書不夠震撼。

「但是，你太太打算和你離婚是認眞的吧？」

我小心翼翼、字斟句酌地問，以免自己說漏了嘴。

「是這樣嗎？」

李察（半）吉爾大剌剌地問。

「當然啊！」

我忍不住加強了語氣。一人分飾兩角實在太難了，我力不從心。

「我確認一下，你不想離婚嗎？你愛你太太嗎？你有沒有反省喝醉酒發酒瘋的事？」

我忍不住像刑警一樣訊問。李察（半）吉爾突然露出嚴肅的表情思考起來。

「正因爲還愛她，所以才不想離婚，至於反省，我就不太清楚了。因爲我不記得自己做了什麼。」

他又開始顧左右而言他。

「問題就在於你不記得自己做了什麼、你對太太說了什麼，又是如何傷害她。我認爲你不能用『不知道』來逃避這個問題。」

我發現自己似乎慢慢開始袒護日本埃及豔后。

「即使你不記得了，對方卻因爲你的言行受到了很大的傷害，而且不是一、兩次而已，她忍耐了一次又一次，每次受傷都感到心碎，花了很長時間修復。但是當她終於發出悲鳴，說目前已經是極限，你卻說自己不記得了，所以無法反省。這是一個成年人該有的行爲嗎？你不覺得太不負責任了嗎？如果這種藉口行得通，豈不是所有犯罪都可以獲得原諒嗎？」

我說著說著，日本埃及豔后上了身。不行，不行。雖然我這麼想，但還是無法住嘴。

「對不起。」

李察（半）吉爾垂下了頭。

「你不要向我道歉，而是要向你太太道歉。」

因爲你太太是眞的想和你離婚。我把最後這句話吞了下去。一旦這麼說，他可能會猜到是我寫了那封休書。

「也許你是無心的，但我認爲無心傷人，比明知道對方會受傷卻仍故意傷害對方更加罪孽深重。所以請你不要輕易說什麼自己是無心的，無論是否有心，都已經傷害到對方了。」

看到李察（半）吉爾那樣的態度，我忍無可忍地說。我並不是代替日本埃及豔后說這番話，而是代替上代說。因爲上代經常說類似的話。

雖然我一直不是很清楚這番話的意思，但此時此刻，終於了解了上代想要表達的意思。

上代對於無心傷人的可怕和罪惡這件事毫不留情。

「對不起。」

李察（半）吉爾再度垂下了頭。也許在我加強語氣後，他稍微了解到事態的嚴重性，所以像挨了媽媽罵的小孩子一樣垂頭喪氣。

「現在該怎麼辦……？」

我只能嘆氣。雖然我很想同時幫助他們夫妻雙方，但太太想離婚，丈夫不想，我不可能讓雙方如願。這種時候，他們不該來找我這個代筆人，應該去找律師或是家事法庭才能夠解決問題。

只不過，我無法不由分說地將遭遇困難的人拒之門外，所以不知如何是好。雖然這麼說很不負責任，但我很希望他們乾脆猜拳決定到底要不要離婚。

「拜託妳了。」

喝酒不能喝到失去理性！
雖然明知道這個道理，
但還是常常喝得太開心而忘了節制，失去了分寸。
但是，正如妳所說的，我已花甲之年，
如果酒後鬧事受了傷，或是導致他人受了傷，真的會給妳添亂。
我的身體不屬於我一個人，
我經常忘了這件事，結果樂極生悲。
那使妳怎麼罵我是笨蛋，
我也沒有辯解的餘地。
已經一把年紀的老頭子了，
絕對不可以因為喝酒失去理性，
對心愛的妻子惡言相向，傷害她。
上次的事是我的錯，我真的深刻反省了。

我向妳保證，我絕對不會再犯了。
以後喝酒會節制，會控制在小酌怡情的程度。
（我知道自己很沒出息，無法保證日後滴酒不沾）
正如妳再三所說，我已經是個老頭子。
現在的我年老昏聵，不再年輕了。
再像以前那樣喝酒不懂得節制，
萬一醉倒在路旁撞到頭，就會以悲慘的方式結束這一生。
經過這次，我真的充分了解到自己對妳造成了多大的傷害。
所以，希望妳重新思考離婚的決定，
拜託妳了。
我希望我們都可以冷靜下來。
說句心裡話，我無法承受因為那種事，
就毀了我們三十年來建立的一切。

我並不是因為面子
或是想到兒女的事才這麼說。
我希望妳可以再給我一次機會。

李察（半）吉爾深深鞠躬拜託，他的鼻尖都快碰到桌子了。雖然我剛才忍不住對他說教，但不用認眞想就知道，他的年紀比我大很多，所以我也忍不住反省，自己剛才是不是說得太過分了。

「這些年來，我和我老婆同甘共苦，對於自己傷害了她這件事，我會深刻反省，我希望可以和她一輩子在一起，所以請妳一定要幫我。」

李察（半）吉爾維持低頭鞠躬的姿勢說道。這番話應該出自他的眞心。

當他終於抬起頭時，眼睛下方有點紅紅的。

把這封信投進鎌倉郵局前的郵筒後，我還想稍微閒逛一下。

今天是星期六，山茶花文具店只營業半天，但QP妹妹去同學家玩了。距離傍晚去蜜朗家還有一點時間。

爲了避開人潮，我左轉走向妙本寺的方向。我突然很想去有很多樹木的地方，想用力深呼吸。

我在高一的時候知道了這間妙本寺。

那天我不想回家，在車站附近亂逛時，走到妙本寺。

雖然就在車站旁，寺院卻很深，沿著石階向上走了一段又一段，仍然走不到山門。

那時候，我很羨慕枝葉自由伸展的樹木。只要走去那裡，新鮮的風就可以吹入內心深處。

寺院的院落內有許多願意和人親近的野貓，我經常向那些野貓傾訴煩惱，樹木也都豎耳傾聽我的獨白，風好像也溫柔拭去了我的淚水。

每次在那裡逗留片刻，就會覺得風吹走了內心的疙瘩，走回家的腳步也變得輕盈。

對我來說，妙本寺無可取代，是我能和自己約會的場所。

我緩緩走上石階，難得想起了這些往事，不禁充滿懷念。當時，我每天認眞地爲了和上代的關係以及自己的未來掙扎。我無處可去，生活令我窒息，很想趕快離開鎌倉這個地方。

然而，如今我依然住在鎌倉。

所以，如果看到當年的自己，我很想溫柔地告訴她。

別擔心，船到橋頭自然直。

我在石階中途停下腳步，閉上眼睛深呼吸，綠色精靈進入我的全身。

雖然因爲我力有未逮，爲李察（半）吉爾代筆的那封信並不完美，但我盡了最大的努力。接下來只能順其自然，聽天由命了。

原本以爲週末會有很多人，但幸好人並不多。

今天從早上開始，小雨就時下時停，所以難得星期六這麼安靜。

我來到本殿參拜後，坐在石階上休息。整座寺院都被雨淋得濕透，我以前就喜歡從這裡眺望景色。

左側的祖師堂前有一棵垂絲海棠樹，嫩葉前端已經慢慢結出果實。評論家小林秀雄和詩人中原中也，曾經因爲一個女人陷入了三角關係，之後就是在那裡言歸於好嗎？

說到小林秀雄，我一直覺得他是一個只會寫費解文章的難搞老頭子，高中時，每次現代國文的考試中出現小林秀雄寫的那些佶屈聱牙的評論，就很討厭他。但他年輕時愛上了中原中也的女朋友，而且不惜橫刀奪愛，最後還和那個女人同居。當我得知寫那些艱澀文章的人也會失去理智，憑著本能喜歡一個女人，就不由得鬆了一口氣。

我記得在小林秀雄和橫刀奪愛得到的女友同居將近十年後，他和中原中也兩個人一起在垂絲海棠樹下賞花。小林秀雄在《中原中也的回憶》中記錄了這件事。

上代有那本書，我以前曾經看過描寫當時情況的文章，雖然忘了細節，但隱約記得有關垂絲海棠花的描寫很優美。如果回家找一下，也許還可以找到。回家之後，我想再看一次。

我在東急買完東西後，在車站搭上公車，發現第二個鳥居上掛了一個巨大的紙花球。沒錯，每年大祓結束後，整個鎌倉就開始有濃濃的七夕味。小町路的入口和豐島屋的入口都可以看到壯觀的裝飾。

但是，最壯觀的非八幡宮莫屬。我隔著公車窗戶瞪大了眼睛，捨不得眨眼。

掛在鳥居上的鮮豔紙花球優雅地隨風飄舞。

我經常覺得八幡宮的建築很像龍宮，這樣看過去，會發現八幡宮將鮮豔亮麗的色彩映襯得特別美。

舞殿和上宮也掛了紙花球和長長的紙帶。雖然是眞眞切切的現實，卻有一種好像闖進夢裡的奇妙感覺。這種像新年般張燈結彩的熱鬧景象，總讓人覺得鎌倉的一年果然是從夏天開始。

山茶花文具店的入口，也掛上了許願的竹葉。這是男爵今天早上特地送來的。

「恭喜你。」我在他耳邊小聲地說。男爵露出慈祥老人的笑容，忍不住害羞起來。男爵和胖蒂的孩子將會在秋天出生。

我先回家一趟，然後才去蜜朗和QP妹妹等待的另一個家。雖然我不知道這種情況是否可以稱爲另一個家。

一家三口的心願在山茶花文具店門口的許願竹前隨風飄舞，QP妹妹的許願籤從剛才開始就不停打轉，好像芭蕾舞者踮著腳尖旋轉。守景家也模仿八幡宮，用彩色的折紙剪成構樹樹葉的形狀，寫上各自的心願。

看到QP妹妹在許願籤上寫「我想要弟弟或妹妹」之前，我並不是沒有想過這個問題，蜜朗雖然沒有提過這件事，但也很希望QP有弟弟或妹妹。

雖然蜜朗曾經經歷過很痛苦、很悲傷的事，但誰說蜜朗不可以得到幸福？

只要活在世上，無論遭遇再大的悲劇，都會有食欲，也當然會有性欲。

有時候正因爲悲傷，所以必須笑著才能夠撐過去。我希望能夠爲蜜朗帶來更多、更多的歡笑，希望他每天都哈哈大笑，笑彎了腰，笑得肚子上的肌肉都痠痛。

結婚之前，我曾經想爲蜜朗生孩子，也曾經夢想不久的將來，能夠見到我和蜜朗的孩子。

但是，實際結了婚，成爲QP妹妹的繼母之後，我比以前更愛QP妹妹，我對她的愛每天都在更新。

我對她的愛持續不斷地湧現，就像是絕對不會涸乾的泉水，像無色透明、但帶有一絲甜味的水，不斷湧出。也許這就是別人說的母愛，我的母愛泉水正在持續湧現。

雖然我說不清楚，但總覺得正因爲我和QP妹妹沒有血緣關係，所以才更加珍惜她。一旦有了自己的孩子，也許會覺得和自己有血緣關係的孩子更可愛。我對這件事感到有點害怕。

正當我在爲這件事煩惱之際，看到了QP妹妹寫的「我想要弟弟或妹妹」。還有另一個理由讓我遲遲無法下定決心，那就是女神巴巴。我生孩子就意味著留下她的血緣。

思考這些事時，手就不知不覺停了下來。我正在把色紙剪成構樹樹葉的形狀，讓店裡的客人和左鄰右舍也可以許願。我打算在店門口放一張小桌子和紙筆，讓大家可以自由許願，這是今年的七夕企畫。

生意興隆
每天都充滿
笑容
希望家人
健康平安

不知道是否掛上晴天娃娃奏了效，當我得知今年的煙火大會將順利舉行，暗自鬆了一口氣。從前幾天開始，就帶著祈禱的心情仰望天空。去年的煙火大會因爲海浪太大而取消了，所以，對去年就很期待煙火大會的QP妹妹來說，這是引頸期盼了整整一年的煙火大會。我們很早之前就約定，要穿上浴衣一起去看煙火。

我隨口和芭芭拉夫人提起這件事，她說要帶我們去一個特別的地方看煙火。那是芭芭拉夫人的祕密基地，她每年都在那裡看煙火，今年要帶我和QP妹妹去那裡一起欣賞。她的祕密基地是她朋友位在小町的家，據說在朋友家的屋頂看到的煙火很漂亮。

因爲說好要各帶一道菜去聚餐，所以我從傍晚就開始做午餐肉飯糰準備帶去，QP妹妹帶了蜜朗做的炸雞塊。雖然我很希望蜜朗也一起去，但因爲咖啡店要營業，所以他要留下來顧店。爲了實現「生意興隆」的心願，他最近很努力工作。

山茶花文具店提早打烊，我急急忙忙換了浴衣走出家門。芭芭拉夫人說她在車站前的肉店訂了烤牛肉，所以我們直接約在她朋友家見面。

當我們抵達時，小小屋頂上的宴會已經開始了。這時，聽到「轟！」的一聲，第一支煙火打上了天空。

哇！所有人都歡呼起來。芭芭拉夫人已經到了，她爲QP妹妹預留了最前排的特等座位。

雖然住在鎌倉，但我已經有十幾年沒有好好看煙火了。我記得上次是和剛好來到鎌倉的壽司子姨婆一起看的，而且今天是有生以來第一次從這麼棒的角度看煙火。

芭芭拉夫人的朋友爲這裡看不到最精采的水上煙火感到過意不去，但其實完全沒必要。這裡可以盡情欣賞每一個煙火打上天空後，在空中綻放，然後又紛紛飄落的樣子。一手拿著罐裝啤酒，配著串烤和毛豆，不需要人擠人地欣賞煙火，簡直是最奢侈的美好時光。雖然綻放在夜空中的巨大花朵一下子就凋零，但正因爲這樣，所以更要張大眼睛，絕對不錯過每一個瞬間。

我突然想到了多果比古。不知道他有沒有看煙火？他說他可以感受太陽的明亮和夜晚的黑暗，既然這樣，他應該可以看到今晚的煙火。

雖然大家經常提到心靈之眼，但多果比古具備了更偉大的靈魂之眼，他也許可以洞悉黑暗中所有一切的靈魂，我也希望自己具備這樣的能力。

ＱＰ妹妹從剛才就一動也不動地被夜空中的煙火吸引。雖然她並不是第一次看煙火，但簡直就像從來沒看過一樣。她全神貫注的樣子，好像全身都變成了眼睛，追逐著衝上夜空的燦爛軌跡。

我們和芭芭拉夫人一起沿著段葛走回家。ＱＰ妹妹站在我們中間，三個人牽著手。

「眞漂亮。」

「波波，妳的飯糰太好吃了。」

「我明年也想去那裡看煙火！」

我們三個人紛紛表達了各自的感想。

我們並肩走在一起時，我想起了芭芭拉夫人曾經告訴我的閃閃發亮法則。那是除夕的夜晚，我們一起去敲除夕鐘的路上，芭芭拉夫人告訴我的。只要閉上眼睛，在心裡說「閃閃發亮」「閃閃發亮」，星星就會出現在內心的黑暗中，為內心帶來光明。那次之後，我也開始實踐這個魔咒。

以後我也要教QP妹妹。只要是能夠傳授給QP的事，我會毫無保留地傾囊相授。

QP妹妹放暑假後，連續好幾天都住在我家。雖然她很高興地說這是「合宿」，但蜜朗似乎感到很寂寞。我無論睡著、醒來，都有QP陪伴，當然開心得不得了。

一個人住的時候，每天早餐有什麼吃什麼，有時候吃，有時候不吃，但小學一年級的QP妹妹當然不能這樣。所以我一大早就煮飯、煎蛋、煮味噌湯，而且也學蜜朗的方式，把早餐剩下的飯做成飯糰作為午餐或是點心。

QP妹妹有時候在家裡寫功課，有時候去附近的同學家玩，有時候去後山抓蟲子，有時候又去學校游泳，每天都很忙碌。天氣熱的日子就坐在山茶花文具店一邊幫忙顧店，一邊看書、畫畫塗色或是折紙玩。

我去年大手筆買了新的冷氣，所以即使在盛夏季節，山茶花文具店內也很舒適。我把溫度設定得比較高，雖然不會很涼爽，但總比沒有冷氣好太多了。

QP妹妹最近經常一個人顧店。起初我很擔心，總是和她一起留在店裡，但這麼一來，家事和工作就越積越多。再加上她漸漸適應了，所以我就把店交給她。

當有客人上門時，她會來叫我。除此以外的時間，我都在後方準備晚餐，或是做代筆的工作。雖然我並不是不擔心女神巴巴突然出現，然後擄走QP妹妹，但那次之後，女神巴巴再也沒有出現在我面前，而且如果她想擄走QP妹妹，QP一定會大喊大叫，更何況以她目前的體重，已經不是女人能夠單手抱起那麼輕了。

我每次請QP妹妹幫忙做事，都會給她十圓打工費，但一天的上限是五十圓。這可能違反勞基法，而且好像也不能讓未成年少女打工，但我覺得這比單純請她幫忙做家事更有吸引力。從小培養她工作的意識，也許對將來有幫助。蜜朗送她一個皮諾丘的撲滿，QP妹妹把打工賺的錢全都投進了撲滿。

每天在山茶花文具店打烊之後，我們就一起坐在餐桌旁吃晚餐。因爲蜜朗不在，所以感覺像單親家庭，但對我來說，這樣的景象更熟悉。

如果時間充裕，我也會煮糙米飯。以前我沒有用過壓力鍋，第一次使用時，每次聽到蒸氣發出咻咻的聲音，就慌忙無措，擔心壓力鍋快爆炸了。但用了幾次之後就掌握了訣竅，最近可以把糙米都煮得很有彈性。

吃糙米飯時，不需要搭配華麗的菜餚，只要有羊栖菜、納豆或是佃煮昆布就可以搞定，最多再加一小塊魚。魚福在去年年底歇業了，所以我現在都去岔路的乾貨店買魚。

雖然當年曾經強烈反彈，如今，我也和上代一樣，常做一些樸實的菜餚。但我在吃飯時會注意一件事，那就是多和QP妹妹聊天。和上代一起吃飯時，她不准我說任何廢話。我直到長大之後，才知道吃飯時也可以享受聊天的樂趣，所以我在吃飯時，也會和QP妹妹聊天。

話說回來，鎌倉的夏天眞是熱。原本以爲今年可以過一個涼夏，沒想到我想得太美了。夏天從中途開始突然變熱，尤其鎌倉濕氣很重，簡直就像走進了蒸氣三溫暖，即使什麼都沒做，汗水也會很自然地滲出來。

所以，最近的樂趣是飯後散步。散步的目的是去金澤街道旁的義大利餐廳「LA PORTA」吃手工冰淇淋。

吃完晚餐，大致收拾完畢後，我和QP妹妹手牽著手，慢慢走去那家義大利餐廳買冰淇淋。晚上的這個時間會有一點風，感覺比較涼。

雖然沿途就會思考今天要吃什麼口味的冰淇淋，但每次都遲遲無法決定。有馬達加斯加產的香草，偶爾還會有橄欖油的冰淇淋。除此以外，還有芒果、奇異果、鳳梨等當季水果，以及用南瓜等蔬菜製作的冰淇淋。站在櫥窗前猶豫不決也是一種樂趣。我和QP妹妹都不喜歡用紙杯，是甜筒派。

「因爲用甜筒餅乾裝，就可以連甜筒也一起吃啊。」

這是我們共同的意見，和紙杯派的蜜朗意見相左。蜜朗堅稱紙杯吃起來很方便，但這麼一來，紙杯和湯匙就會變成垃圾。

我們坐在店門前的長椅上吃完冰淇淋才回家，這是我們今年夏天的新樂趣。店門前的那條馬路車水馬龍，風景並不好，但和QP妹妹坐在一起，看著車來車往，小口小口舔著冰淇淋，就覺得抓住了天大的幸運。

我可以充滿自信地說，我比中了三億樂透的人更幸運。我此刻的心境，很想像紐約自由女神一樣，高舉著冰淇淋，向全世界炫耀QP妹妹。

每年八月十日凌晨十二點到正午期間，會在覺園寺舉行黑地藏廟會。

QP妹妹以前說等上了小學之後，要去半夜舉行的黑地藏廟會，所以之前就很期待。雖然就住在附近，但我也從來沒去過。

原本以爲QP妹妹不可能深夜十二點起床，沒想到她調了鬧鐘，眞的起來了。深夜時分，和蜜朗、QP妹妹一起走在街上時，有一種奇妙的感覺，好像闖進了某個人巨大的夢境中。因爲沿途太安靜，所以有點擔心是不是搞錯日期，但來到寺院附近時，漸漸看到其他人，才終於鬆了一口氣。

QP妹妹指著特別開放參觀的黑地藏，說祂是「胖蒂」時，我忍不住笑了起來。胖蒂的五官輪廓都很深，的確和大佛的臉很像。

黑地藏可以將參拜者的想法和心願，傳達給已經離開人世的人。

因爲是廟會，所以院落內有好幾個攤位。因爲黑地藏的關係，笑咪咪麵包的幕後推手 PARADISE ALLEY 推出了漆黑的竹炭麵包。蜜朗說他肚子餓，去買了關東煮，我們三個人分著吃。

天氣這麼熱，我們卻流著汗吃關東煮。因爲實在太好笑，我咬著蒟蒻，忍不住笑個不停。QP妹妹看到我和蜜朗笑個不停，也一起哈哈大笑起來。我們在深夜看了黑地藏，吃著關東煮放聲大笑，實在太幸福了。我希望上代可以聽到我們的笑聲。

幾天後，中元節假期到來，我們要去蜜朗的老家。

這是第一次見公婆，我一直無法決定該穿什麼衣服，也不知道該帶什麼伴手禮，蜜朗看了很受不了。

「小鳩，妳穿平常的衣服就好，妳如果太正式，我的家人反而會緊張。像平常一樣就好，像平常一樣。」

但我無法掌握「平常」的感覺，明明已經整理好衣服，但又覺得「這件不太合適」，然後又拿出來換其他衣服，花了好幾天的時間整理行李。我們會在蜜朗家住三晚，但回程的時候，蜜朗、QP妹妹和我要一起去泡溫泉，所以要準備四天的衣物。一家三口四天的換洗衣服，份量很驚人。

我們在機場租車後前往蜜朗的老家，沒想到路途遙遙。越過好幾座山，經過好幾座橋，駛過隧道，仍然還沒到。我沒有駕照，所以只能由蜜朗一個人開車。我感到很抱歉，努力坐在副駕駛座和他聊天，但中途失去了記憶。當我醒過來時，發現天色慢慢暗了下來。

我們上午就從鎌倉出發，天黑之後總算抵達了蜜朗的老家。中途開始，我被周圍的風景震懾，完全忘記自己在日本，以爲來到了東南亞某個國家的深山裡。

所以，當抵達蜜朗的老家，一走下車，聽到蜜朗的媽媽說「是不是累壞了？今天就好好休息」時，我還很納悶，爲什麼她的日文說得這麼好？其實這裡還是日本，只是路途實在太遙遠了。

「初次見面，我是鳩子，謝謝妳一直以來的照顧。」

我原本打算見到公婆後，一定要好好打招呼，沒想到婆婆說：

「好了好了，先進屋再說，小心被蚊子咬。」

我行李中的鴿子餅乾紙袋是帶給大家的伴手禮。我曾經猶豫，到底該買核桃糕，還是美鈴的和菓子，煩惱了很久之後，最後還是選擇了經典中的經典鴿子餅乾。因爲鴿子餅乾很好吃，而且不容易變質，是男女老幼都可以接受的大眾味道，當然是最出色的伴手禮。

遞上伴手禮時要說些什麼呢？我在腦袋裡排練了許多次，沒想到就這樣含糊過去了。蜜朗去停車還沒有回來，QP妹妹已經進屋了，我只好獨自走進蜜朗的老家。

我正在玄關擺好自己的鞋子，蜜朗的姊姊和兒子一起從屋內走了出來。姊姊染了一頭褐髮。

「很高興認識妳。」

我慌忙起身打招呼。

「謝謝妳照顧蜜朗。」

姊姊很有女人味地鞠躬說道，還強迫她兒子也一起鞠躬。

蜜朗和姊姊是感情很好的姊弟，他經常和姊姊用Line互傳訊息。姊姊雖然曾經一度嫁去大阪，但離了婚，目前就住在老家附近，在原本是郵局的老房子經營咖啡店。

我和姊姊站著聊天時，蜜朗終於回來了。我發自內心鬆了一口氣。我跟著蜜朗走進客廳，不知道客廳的日光燈是否剛換過燈泡，雖然是夜晚，但感覺很明亮。

「請坐，請坐。」

公公拿了坐墊給我。他們父子簡直像一個模子刻出來的。雖然蜜朗事先就曾經告訴我，但他們比我想像中長得更像。因爲實在太像了，我看得目瞪口呆，婆婆用托盤端來一大瓶啤酒走過來時，開玩笑說：

「不行喔，他可是我的老公。如果你們有一腿，就會變成三角關係。」

「媽媽，蜜朗他們從東京來這裡，已經累壞了。」

姊姊爲我解圍。

雖然我打算好好向他們打招呼，但一直等不到機會。我以爲乾杯的時候，蜜朗會正式介紹我，所以緊張地等待，結果蜜朗只說了一句：

「她是我老婆鳩子，請多指教。」

當他說完這句話，全家人就迫不及待地一起乾杯。

「辛苦了。」公公說。「恭喜你們。」婆婆說。「歡迎你們回來。」姊姊說。QP妹妹和姊姊的兒子雷音都喝柳橙汁。

雖然不知道是不是姊姊取的名字，雷音這兩個字讀成「lai-on」，和「獅子」的發音相同，沒想到閃閃發亮名字[1]的浪潮也侵襲了這個祕境。雷音和QP妹妹是表兄妹。

我們在中途的休息站吃過晚餐，已經事先告訴蜜朗的家人，他們也已經吃完晚飯了，但婆婆還是不時拿出剩菜。

雖然我無法表達清楚，但總覺得這裡時間流動的方式和鎌倉不一樣。和都市相比，鎌倉的時間流動得比較慢，這裡的時間好像將停卻未停，其實並沒有停止，而是緩慢地流動著。

光喝啤酒很奇怪，所以我伸手拿毛豆配啤酒。旁邊的廚房桌子上，放著經常寄去鎌

1 日本指取漢字諧音的奇特名字。

倉的蒟蒻果凍的袋子。

「奶奶呢？」

我喝到一半時想起這件事問道。

「她好像已經睡著了。」

蜜朗告訴我。想到明天終於要見到奶奶，不由地雀躍起來。

QP妹妹坐在公公盤起的雙腿上，從剛才就專心地在吃玉米。公公正盯著電視看棒球實況轉播。

我覺得好像打開了名叫「家庭」的潘朵拉盒子。

我還難以相信這麼多人是同一個家庭，生活在同一個屋簷下的現實。

碗櫃上放了很多相片，花瓶中插著已經曬得褪色的假花。還有很懷舊的金魚缸、裝了獎狀的相框、獎盃、小木偶人、招財貓，還有用透明塑膠袋包起來的電子狗。光是客廳內就有三張月曆。

客廳角落還放著懸吊訓練架，但可能已經沒有人懸吊在那裡健身，所以上面晾著洗好的衣服，有一張看起來剛買不久的高級按摩椅在走廊上壓陣。

這裡和我住的房子完全是不同的世界。老實說，起初被家裡有這麼多東西嚇了一大跳，但我猜想每一樣東西都有歷史，都有各自的故事。

可能這裡的人都早睡早起，喝完兩瓶啤酒後就散會了。蜜朗的媽媽燒好了洗澡水，所以我先去泡了澡。

當我泡完澡走出浴室時，客廳裡的人都走光了，電視和電燈也都關了。我躡手躡腳地沿著走廊摸索，以免不小心迷路。我摸到樓梯走上二樓，發現只有一個房間還亮著燈，我探頭張望，發現蜜朗在裡面。QP妹妹似乎睡在爺爺、奶奶的房間，蜜朗以前睡的床邊鋪了一床被子。

「感覺很奇怪。」

我用浴巾擦拭著頭髮說。

「爲什麼？」

蜜朗盤腿坐在床上。

「因爲少年時代的蜜朗不是曾經在這裡生活嗎？我現在也在這裡啊。」

但是，我很難充分表達此刻的心情，蜜朗露出「幹嘛說這種理所當然的事」的表情，他似乎無法理解。對他來說，這裡是熟悉的老家，但對我來說，就像是來到異國他鄉。

「我也去洗個澡。」

蜜朗走出房間，我忍不住深有感慨地想，這眞是人生的巨大轉變。之前做夢也想不到，丈夫的老家竟然會在四國的深山裡，人生會發生什麼事眞的難以預料。

我開著燈，昏昏沉沉打起了瞌睡，蜜朗穿著四角褲走回房間。

「已經好了嗎？」我問。

蜜朗露出驚訝的表情，似乎不知道我在問什麼。

「被蜈蚣咬的地方。」我回答說。

「喔，幸虧妳馬上趕來緊急處理，現在已經不痛了。謝謝妳。」

蜜朗說話的同時，拉著電燈的繩子關了燈。即使關了燈，房間內也沒有變得漆黑，窗外的亮光隔著窗簾照了進來。

「妳過來這裡。」

我蓋上毛巾被，正準備入睡，蜜朗邀我上床。我躺在他的床上，聞到了好像蜜朗濃縮後，少年蜜朗的味道。因爲很害羞，所以我用力閉上了眼睛，覺得自己好像回到了高中時代。

隔天早晨，青蛙合唱把我叫醒。我慌忙換好衣服下樓，婆婆已經在廚房準備好早餐了。我原本打算一大早起床，像好媳婦一樣幫忙婆婆一起做早餐，沒想到晚了好幾步。

我爲此感到惶恐不安。

「波波，妳可以睡晚一點的。」

婆婆語氣開朗地說。因爲QP妹妹叫我波波，所以其他人也跟著這麼叫。

這時，廁所的門打開了，奶奶從裡面走了出來。婆婆立刻大聲向她介紹說：「這是蜜朗的太太。」

我也慢慢地大聲向她打招呼：

「奶奶好，我是鳩子。」

「啊？」奶奶問，她似乎聽不清楚鳩子這個名字。

「她叫波波、波波。」

婆婆向她說明，也許波波這個名字比較好記，奶奶微微欠身對我說：

「波波，歡迎妳來這裡。」

見到奶奶，讓我高興不已。

吃完早餐，喝茶休息之後，大家一起去守景家的祖墳掃墓。聽說墳墓在村莊的角落。昨天到這裡時已經很晚，天都黑了，所以沒看清楚，現在才發現蜜朗老家周圍是一望無際的梯田，稻穗已經結了稻米。

奶奶到中途爲止，都是自己推著推車走路。姊姊和雷音也不知道什麼時候加入了我們，QP妹妹蹦蹦跳跳揮著向雷音借來的捕蟲網想抓蝴蝶。公公拿著水桶和長柄杓，婆婆抱著在院子裡採的花。我和蜜朗偷偷牽著手走在大家的後方。

藍天、鳥兒悠閒的啼叫聲、梯田、波斯菊、小廟宇。一切都很美。

柏油路結束了，蜜朗和姊姊在奶奶的兩側攙扶她，走在田埂上。

先到墳墓的公公和婆婆用水澆墓碑，換上新鮮的花。大樹下隨意豎了好幾塊墓碑。

樹幹上掛了一張折疊椅，我拿了下來，在平坦的地方打開椅子，讓奶奶坐在椅子上。墳墓前的蠟燭已經點了火，婆婆正用蠟燭的火點燃手上抓的一把線香。

「開始吧。」

全家人排成一排，蹲在墳墓前。

我也蹲在蜜朗身旁，閉上眼睛，合起雙手。所有人都靜靜地祈禱。

這時，突然響起婆婆的聲音。

「美雪，蜜朗帶了新婚的太太回來，她叫鳩子，就是鴿子的那個『鳩』，有一首歌不是叫『鴿子波波』嗎？所以大家都叫她波波。陽陽也長這麼大了，妳可以放心了。」

婆婆說到一半時，姊姊尖聲叫著「媽媽」，試圖制止她，但婆婆並不以爲意，堅持說完這段話。我剛才就隱約發現，蜜朗的前妻似乎也沉睡在這裡。

因爲蜜朗不願意談起他的前妻，我也就沒問，所以至今仍然不知道他前妻叫什麼名字。但既然來到蜜朗老家，就不可能不看、不說和不聽。

姊姊剛才應該顧慮到我，所以想要制止婆婆，但我反而覺得婆婆這番話救了我。因爲我覺得大家對我有所顧忌，避談這件事，反而更令我難過。

婆婆的方式雖然有點粗糙，但爲我打開了突破口。我覺得婆婆在背後推了我一把，似乎在對我說，可以好好面對這件事。

掃完墓後，所有人陸陸續續走下坡道。我和蜜朗又走在最後面。

「原來她叫美雪。」我說。

「對不起。」蜜朗握著我的手小聲說。

「你爲什麼要道歉？」我問他。

「因爲我覺得妳會不自在。」蜜朗低垂著頭說，然後又問我：「妳會不會心情不好？」

要用怎樣的詞彙，才能正確傳達此刻內心的色彩？

「不是心情好不好的問題，但我覺得她很可憐。有這麼可愛的女兒。想到她一定心有不甘，就覺得很生氣。」

我說著說著，淚水奪眶而出。

「但是，」我繼續說下去，「如果她沒有經歷那些痛苦和悲傷，我就不會遇到你，也無法遇到QP妹妹，我目前的幸福……」

我說到這裡，蜜朗緊緊抱住了我。我目前的幸福，是建立在美雪的犧牲上。如果她沒有遇到那起事件，我就不會和蜜朗結婚。

雖然我希望淚水趕快停止，卻靠在蜜朗的胸前放聲大哭起來。蜜朗可能也哭了。

「波波！」

QP妹妹在遠處叫我。我抬頭離開蜜朗的胸前，發現他的T恤好像尿床般全都濕了。

「對不起。」我向他道歉。

「沒關係，反正很快就乾了。」

蜜朗用力摸著我的頭說，然後，我們又手牽著手一起走回家。

下午，我們去姊姊經營的咖啡店喝咖啡。QP妹妹想和雷音一起玩，所以跟著爺爺、奶奶去溫泉一日遊。也許是全家人一起出謀畫策，只爲了讓我和蜜朗能夠獨處。我和蜜朗從昨天開始就像是一對情侶。

我知道這麼說很失禮，根據姊姊的外表，很難想像這家原本是郵局改裝的咖啡店，氣氛竟然這麼棒，完全顚覆了我的想像，這句話當然是正面的意思。小型木造房子入口放了一個紅色郵筒，店內陳列了舊郵票、明信片，和以前送信時騎的腳踏車。好幾個花瓶內都插著鮮花，吹來的風也很舒爽。豎起耳朵，還可以聽到輕柔的鋼琴聲。

「妳喜歡嗎？」

我看得目瞪口呆，蜜朗一臉興奮地探頭看著我的臉。

「別看我姊姊現在這樣，她以前是造型師。」

蜜朗爲姊姊感到驕傲。

「阿蜜，你遇到一個好女孩，眞是太好了。」

姊姊用法蘭絨濾布沖咖啡時說。

「沒錯，妳說得完全正確。」

蜜朗扮著鬼臉說。

「剛才媽媽那樣眞的很對不起。」

姊姊把剛沖好的咖啡倒進杯子，遞到我面前說。我立刻知道她在說掃墓時的事。

「不，沒關係，而且我反而鬆了一口氣。」

姊姊聽到我這麼回答，看著窗外，嘆了一口氣說：

「是嗎？那就太好了，我和弟弟都發生了很多事。人生眞的很難預料。」

「姊姊嫁的那個男人會家暴。」

蜜朗說完，喝了一口姊姊沖泡的咖啡，小聲說：「好喝。」

姊姊泡的咖啡的確香氣濃郁，味道富有層次。

「我看男人眞的沒眼光，每次都會被相同類型的暴力男人吸引，但我弟弟很有眼光，所以沒問題。」

姊姊不懷好意地笑著說。

「喂！」

姊姊不知道想說什麼，蜜朗立刻制止她。於是，姊姊湊到我的耳邊，小聲對我說：

「他以前就對皮膚白嫩，胸部像碗公一樣的女生沒有抵抗力。」

因爲很癢，我忍不住出聲笑了起來。

「姊姊，妳不要對我老婆說些有的沒的。」

蜜朗氣呼呼地說。我和美雪該不會長得很像？

「請問美雪的名字怎麼寫？」

我一直很在意這件事。

「就是美麗的美，白雪的雪。」

姊姊回答時，露出好像看著遠方美麗雪景般的表情。蜜朗沒有吭聲。

「妳和蜜朗的感情眞好，眞讓人羨慕。」

我改變話題，化解尷尬的氣氛。

「我們的感情有那麼好嗎？」

「以前經常打架，每次都把我弄哭。」

這對姊弟自己似乎並沒有意識到這件事。

但是，我這個獨生女很羨慕姊弟之間可以這樣無憂無慮地聊天，看來血緣關係也並不壞。

正當我這麼想時，姊姊突然直搗黃龍。

「你們也趕快生個孩子吧。當然，我沒資格催你們生孩子，但陽菜沒有弟弟、妹妹應該也很寂寞。她從昨天開始就一直黏著雷音。」

「是啊，不瞞妳說，她今年七夕許願時就寫想要弟弟或妹妹。」

我對姊姊據實以告。

「對不對？雖然我那個家暴老公根本不重要，但我一直很後悔，應該再生一個孩子之後再和他離婚。」

姊姊抱著雙臂說。

「阿蜜，你有什麼打算？」姊姊問。

「我很想生啊，但想到小鳩……」

蜜朗結結巴巴地說。

「啊？波波不想生嗎？」

姊姊單刀直入地問。

「不，也不是這樣，只是現在只想當QP妹妹一個人的媽媽。而且，我沒有自信可以帶兩個孩子，經濟上可能也有問題。」

我也跟著結巴起來。

「妳現在說這種話，但很快就會像我一樣，想生也生不出來了。」

姊姊笑著說。這件事的確是必須認真思考的課題，但就像小孩子寫功課想一再拖延，我也總是找盡各種理由，不願認真面對這個問題。

「眞傷腦筋啊。」

我用開玩笑的語氣說。

「人生本來就很傷腦筋，有很多事都無法如願。」

姊姊說完，一口氣喝完了剩下的咖啡。

晚上，大家一起去吃迴轉壽司。隔天，蜜朗開車帶我遊高知。其實我原本打算在家裡幫婆婆做家事，但婆婆說「不用，不用」，再度把我們趕出了家門。

QP妹妹似乎不想離開雷音，所以今天也沒有帶她一起出門。今天由姊姊照顧兩個小孩子。

「只有我們兩個人一直在玩，感覺很對不起大家。」

我坐上租車的副駕駛座時說。

「沒關係，他們也只是做自己想做的事。先別管這些，我們要去哪裡？」

蜜朗一臉嚴肅地操作著衛星導航系統。

「我想去看河流。」

說到高知，我就想到河流。鎌倉有山也有海，但只有滑川一條河。

但是，高知的山和海，與我熟悉的規模完全不同。無論山和海都很乾脆痛快地敞開胸懷，感受不到絲毫的吝惜。這裡的人也一樣，張開雙臂接受外來客，熱情的款待讓來客整個人都快融化了。從各種意義上來說，高知的人和大自然都很豪邁爽快。

蜜朗帶著我慢慢開車兜風，來到名叫仁淀川的河流。停車之後，我們走了一段路，就聽到嘩嘩嘩的瀑布聲，空氣也變得很滋潤。

當看到瀑布下的深潭時，因爲實在太美了，簡直以爲自己飄落進了天堂。水很清澈，可以清楚看到深潭的底部。水是完完全全的藍色。這是我有生以來第一次看到藍色的水。

「聽說這叫仁淀藍。」

蜜朗告訴我。

「感覺好舒服。」

有小魚在水裡游泳。

「早知道要來河邊，應該帶泳衣來。」

蜜朗一臉懊惱地說，但我覺得把雙腳浸在水裡就足夠了。

我脫下球鞋，把腳跟輕輕伸進水底。我拉著蜜朗的手緩緩站起來時，腳底碰到圓滾滾的石頭。

河水很冰，但很舒服，感覺好像被水緊緊擁抱。我的腳在水裡浸了超過十秒後，腳尖就冷得發痛。

我站回石頭上，把冰冷的腳尖放在太陽下曬熱。閉上眼睛時，眼瞼內側出現了紅色的大理石花紋。這裡連鳥叫聲都很豪邁。

我伸出雙腳，腦袋放空地坐著。

「這個，」蜜朗從背包底拿出什麼東西，然後把一個藍色小盒子遞到我面前說：

「我媽說要給妳，雖然我叫她自己給妳，她說了一堆莫名其妙的話，說什麼那樣感覺像是婆婆用惡勢力讓妳屈服，她不喜歡那樣。總之，如果妳不喜歡，就直接說不喜歡也沒關係。」

他緩緩打開盒子，裡面是一個戒指。

「祖母綠？」我問蜜朗。

「好像是我爸年輕時送她的，她很喜歡，但她說已經戴不下了。以前我們的入學典禮和畢業典禮時，她都會戴這枚戒指，所以我有印象。」

蜜朗說。我戴在左手中指上，尺寸剛剛好。

「我可以收下嗎？」

「如果妳喜歡的話。」

這枚戒指凝聚了守景家的歷史，老實說，我現在收下可能還太早，但我希望有朝一日，可以成爲配得上這枚戒指的大人。

我們回到車上，準備去吃午餐。我們去吃了蜜朗的爸爸大力推薦的鍋燒拉麵，然後又去其他地方看河流。

河流和火焰一樣，無論看多久都不會膩。坐在河邊聽蜜朗說他小時候的事，我感到無比幸福。希望下次可以帶QP妹妹一起來這裡露營，我們可以划獨木舟，在河裡游泳，也可以釣魚，在河邊有很多樂趣。

回家時，我請蜜朗帶我去路旁的休息站，東看西看物色伴手禮，傍晚回到了蜜朗的老家。

打開玄關，一走進客廳，立刻聽到「砰」的巨大拉砲聲音。我嚇了一跳，聽到有人喊口令「預備、開始」。

「波波、蜜朗，新婚快樂。」

「來來來。」我呆若木雞地愣在那裡，就被拉去了上座。客廳內還有家人以外的客人，餐桌上放滿了用大盤子裝的料理。

全家人花了一整天，為我們準備了這場驚喜。

乾杯之後，熱鬧的「客宴」開始了。在高知，宴會稱為「客宴」。

餐桌上的大盤子內裝的是高知的鄉土菜「皿鉢料理」。我之前曾經耳聞過，卻是第一次親眼見識。

「挑妳喜歡的菜多吃點。」

雖然婆婆這麼對我說，但因為有太多菜了，不知道該先吃哪一道。

「蜜朗，你要好好向鳩子說明這些菜色。」

已經喝得滿面通紅的公公叮囑蜜朗。其他人都親暱地叫我波波，只有公公堅持叫我鳩子。我覺得這種個性和蜜朗很像。

「這是半烤鰹魚，這是金目鯛生魚片。那裡的是絨螯蟹，這個盤子裡的呢，則是炸錢鰻。」

蜜朗應公公要求，逐一向我介紹。

「絨螯蟹？」

我反問道，在一旁聽我們說話的公公一臉得意地說：

「鳩子，我告訴妳……」

但公公的說明很長，蜜朗聽到一半，就和另一側的親戚阿姨聊起天了。公公想要告訴我，絨螯蟹比上海的大閘蟹更好吃。

放在餐桌上的皿鉢料理已經很驚人了，婆婆和姊姊又接連端出各種料理。

「來，這是高知特有的鯖魚花壽司。」

「鯖魚花壽司是那個阿姨特地做好送來的。」

客宴上有吃不完的菜，大家都紛紛爲我斟酒，而且酒杯底特地挖了一個洞，所以必須一口氣喝完。坐在旁邊的蜜朗告訴我，這稱爲「可杯」，但我已經醉了，根本不知道這兩個字要怎麼寫。

一看時鐘，還不到九點，但大家都已經喝得醉醺醺了。我之前就聽說高知人愛喝酒，但沒想到這麼厲害。

菜都上得差不多了，婆婆和姊姊也都坐下來喝酒。有人已經醉得不醒人事，坐在按摩椅上睡著了。

這時，突然傳來很大的聲音。我緊張地以爲有人吵架，但似乎多慮了。

「來啊！」

隨著大聲的吆喝，兩個男人面對面，分別伸出了手。

「我之前沒和妳提過箸拳的事嗎？」

蜜朗簡單向我說明了划拳的規則。箸拳就是用筷子划拳，在高知很流行。輸的人要受罰喝酒。

蜜朗和姊姊也開始划箸拳。蜜朗在我和QP妹妹面前總是溫和穩重，但划箸拳時簡直判若兩人。平時說話從來不會大聲的蜜朗，大聲叫喊的樣子很有威嚴，我忍不住爲他身上也流著土佐這個地方的血液再次愛上了他。

坐在我旁邊的公公一次又一次地鞠躬對我說：

「鳩子，蜜朗就拜託妳了。」

公公的酒量可能不太好，所以已經喝醉了，一直重複相同的話。

大家都盡情喝酒，我中途起身坐去奶奶身旁。即使不需要特別聊什麼，只要坐在奶奶旁邊，心情就可以平靜。也許上代也想成爲這樣普普通通的老太太。

喝醉的人一個個逐漸增加，宴會慢慢結束了，我也幫忙一起收拾。收拾得差不多後，和蜜朗一起回到房間。起初覺得被子有別人家的味道，但慢慢習慣之後，就不再有異樣的感覺。

我和蜜朗在被子上滾來滾去。

「下次一定要回來吃鰕虎魚。」

我一坐上車，就把副駕駛座的車窗開到最大，QP妹妹也用力探出身體揮手，整個人幾乎快掉到車外了。我激動不已，快哭出來了。即使蜜朗開走了車，也沒有人走回屋內，一直向我們揮手。

「好開心，謝謝。」

我終於忍不住流下了淚水，發自內心爲和蜜朗的家人離別感到不捨。

臨走時，婆婆和姊姊分別對我說，請我好好照顧蜜朗。公公從昨晚開始，就一直重複同樣的話，奶奶也這麼拜託我。我深切感受到，雖然大家假裝不在意，其實每個人都衷心希望蜜朗得到幸福。

離開蜜朗的老家前，我看了客廳的那些照片。之前總覺得心情太起伏，所以故意避開不看，但其實內心一直很在意。

除了蜜朗兒時的相片，和姊姊成年禮的照片以外，還有美雪抱著還是嬰兒的QP妹妹的照片，以及全家人在屋前拍的全家福。

我在蜜朗的老家時一直在想，也許這次省親是美雪和我的交接儀式，我總覺得美雪把重要的接力棒交到我的手上，把蜜朗和QP妹妹這兩個寶物託付給我。

我和蜜朗結婚後，得到了QP妹妹這個附贈的贈品，令我欣喜若狂。但是，QP妹妹並不是唯一的贈品，我又多了奶奶、公公、婆婆和姊姊這些家人。這個家庭的枝葉無限擴張，而且，雖然說附贈的贈品有點失禮，但我覺得美雪也是令我雀躍的贈品。

「我一直不了解家庭的溫暖是什麼，這次來到高知之後，稍微了解到家人的感覺了。」

我看著前方對蜜朗說。車子行駛在綠色的隧道中。因爲開著窗戶，所以我以爲風聲可能淹沒了我的聲音，但蜜朗聽到了。

「太好了。」

蜜朗露出溫和的笑容。

「我每次回到高知都覺得自己理解的世界很渺小。」

蜜朗繼續說道。

「是啊，在高知時，可以感受到世界的遼闊，就好像對著世界打開了對開的大門，這裡的人心胸也都很開闊。」

過了一會兒，蜜朗小聲說：

「小鳩，幫我一個忙。」

「什麼事？」

我以爲他要我拿口香糖給他，但並不是。

「妳一定要比我活得更久。」

我從蜜朗的表情中發現，他一直想對我說這句話。想到他回老家之後，才終於能夠說出這句話，不由地難過起來。我很想緊緊擁抱他，但他正在開車，所以只能作罷。

「我會努力。」

我看著前方說。

「雖然無法向你保證，但我會努力做到。」

我假裝在欣賞風景，轉頭看著車窗外流淚。我猜想蜜朗也哭了，音量調大的汽車廣播中，ＤＪ正在播報明天的天氣。

珠芽飯

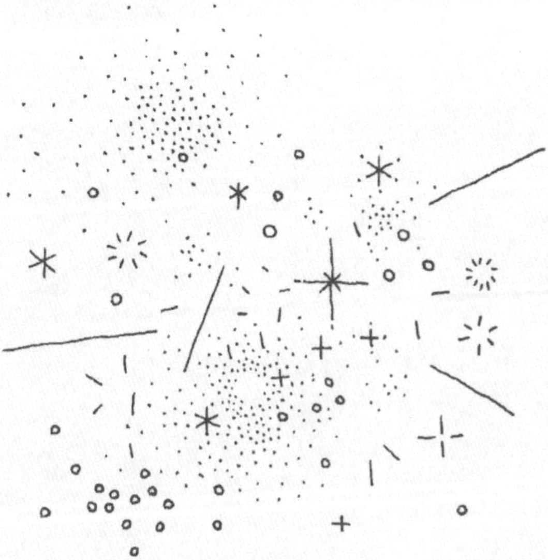

夏天結束，金桂花的香氣一天比一天濃烈。

日本埃及豔后和李察（半）吉爾的戰爭仍然持續。我很想不再管他們的事，但既然自稱是專業代筆人，這種話當然說不出口。

正當我絞盡腦汁，不知道這次該如何應戰時，男爵出現在山茶花文具店。

「嗨。」

他手上拎了一個大紙袋。

胖蒂開始休產假，已經回娘家待產了。之前聽她說，只要孩子一出生，男爵就會馬上趕過去。

「妳怎麼一張苦瓜臉？」

男爵一進門就展現了毒舌功力。

「我天生就是苦瓜臉。」

我起身準備去拿飲料。

「不用了，不用了，我正在整理家裡，所以沒什麼時間。」

男爵一口氣說完，從紙袋裡拿出一台像是機器的東西。他用和服的袖子擦了擦表面的灰塵，放在桌上後，我發現是一台打字機。

「咦？怎麼了？這不是奧利維蒂（Olivetti）的古董打字機嗎？」

「妳知道得真清楚啊。」

「而且是 Lettera 22 型！」

我做夢都沒有想到，男爵會從紙袋裡拿出這樣東西。奧利維蒂是義大利知名的辦公用品公司，歷史悠久，內行人都知道。這款名爲 Lettera 22 的打字機可以說是這家公司的招牌商品。

「果然很流暢，眞是太美了。」

我輕撫著鍵盤表面，驚嘆地說。這也是我第一次看到實物，當初就是在打字機的基礎上發展出文字處理機，之後又進化到電腦。

「妳喜歡嗎？」

聽到男爵這麼問，我用力點頭。

「那就給妳用，我老婆發脾氣說，在小孩子出生之前，要把房間整理乾淨。」

男爵冷冷地說。

「啊？所以這台打字機還可以用嗎？」

我以爲只是裝飾品。

「當然啊，我拿去修好了，馬上就可以用。但妳知道怎麼用嗎？」

男爵不耐煩地問。

「如果你願意教我，那就太好了。」

我鞠躬說道。

「妳去拿紙來。」

男爵突然大聲說道。如果不趕快拿紙給他，他會發脾氣。我忍不住著急起來，拿了一張放在旁邊的洋蔥紙遞給他。男爵抬起壓紙桿，把水藍色洋蔥紙塞進打字機，然後轉動旁邊的旋鈕，調整紙的位置。

「妳想要打什麼字？」

男爵問。如果不趕快回答，他又會大發雷霆。我又著急起來，脫口回答說：「I love you.」每次面對性急的男爵時，我都忍不住緊張不已。

原本以爲男爵會笑我，沒想到他什麼都沒說，淡淡地教我只要按住 Shift 鍵，就變成大寫；只要這樣就可以打出紅色的字。我很好奇男爵爲什麼會有這台打字機，但如果問他，他一定會罵我侵犯他的隱私，所以不敢開口問。

「眞好聽。」

我聽著男爵敲打鍵盤的聲音說。打字的聲音就像雨滴帶著些許的遲疑從空中滴落。洋蔥紙上，大寫、小寫字母交錯，排列出各式各樣的「I love you」。

「用打字機打字更能夠感受到打出文字的份量，但老實說，使用電腦的 Word 軟體方便多了，手指也不容易痠，即使打錯，也可以修改。鳩子，妳來試試。」

在男爵的指示下，我坐在他原本坐的位置上。鍵盤下方可以看到桌子的感覺很新鮮。我想起男爵剛才的示範，把紙夾進壓紙桿。

打字機的每一個鍵連成一個又一個文字，感覺和鋼琴琴鍵的構造很相像。鋼琴會彈出音樂，打字機會刻下文字。

我不知道該用多大的力氣，膽戰心驚得輕輕敲了一下，打出的字顏色很淡。

「要更用力點。」

男爵鼓勵我，我用力敲打鍵盤。

這次清楚打出了小寫的m。

「眞的要送給我嗎？」

我戰戰兢兢地問。

「放在我那裡也是浪費，而且如果不趕快把家裡整理乾淨，她又要囉嗦了。沒想到我這麼快就變成妻管嚴了。」

男爵不耐煩地說。

「預產期是什麼時候？」我問他。

「祕、密。」男爵瞇起眼睛回答，然後舉起一隻手說「再見」便走出了文具店。他的背影充滿了即將成爲人父的喜悅。如果我懷孕，蜜朗和QP妹妹應該也會像男爵一樣高興。

男爵離開後，我重新坐在椅子上，摸著奧利維蒂打字機。我端坐在打字機前，換了一張新的紙，像打字員一樣迅速敲打著鍵盤。

答答、答答答答答答、答答。

簡直就像在跳踢踏舞。

也許我該清理一下之前放地球儀的地方，然後把打字機放在那個位置。

時序進入秋天，和往年一樣，代筆工作也漸漸增加。也許是天氣變冷之後，激發了人們內心的思念，就想要寫信。

那個女人在風和日麗、秋高氣爽的日子，走進了山茶花文具店。委託代筆的客人大部分都在傍晚出現，但她中午過後就來了。

我把上週末和ＱＰ妹妹一起做的桂花糖漿加入熱水，調勻後端給她。乍看之下，無法猜出她的年紀。

「我難得出門。」

寄居蟹小姐小聲說道。她的帽子壓得很低，她說自己幾乎足不出戶，所以要我這麼叫她。寄居蟹小姐說每一句話時，都需要耗費很長的時間。

反正客人不會絡繹不絕上門，所以我耐心等待寄居蟹小姐的下文。她開口時的語氣好像小鳥在說話。

但也許對她來說，說話就像是一次又一次將手指伸進喉嚨深處，把內心糾結成一團的話語線團嘔吐出來的痛苦過程。

我很想撫摸她的背，讓她稍微舒服些，但如果我這麼做，她反而會嚇壞，所以在她獨自靜靜奮鬥時，我只能在一旁守護她。

「我有一個喜歡的人。」

寄居蟹小姐踏進店裡超過十五分鐘後，才終於說出這句話。

「是喔。」

我靜靜地附和。

「對方是怎樣的人？」

我悄聲問道，好像用慢動作把乒乓球打回去，以免寄居蟹小姐躲進她的殼裡。

「他很溫柔。」

寄居蟹小姐雖然低著頭，但明確地回答。

「怎樣溫柔呢？」

我再次用慢動作把乒乓球打回去，提醒自己問話不要聽起來像偵訊。寄居蟹小姐注視著放在桌上作爲裝飾的地榆花，然後緩緩說：

「我不說話的時候，會靜靜陪伴在我身旁；我流淚哭泣時，會遞手帕給我；我笑的時候，會陪我一起笑。」

「眞貼心的男朋友。」我說。

「他不是我的男朋友，我猜想他也喜歡我……只是我們都是這種性格，如果不是某一方主動開口，一輩子都會是平行線。」

寄居蟹小姐陷入沉默，我也跟著閉口不語。

沉默的時間靜靜流逝，寄居蟹小姐突然開了口。

「所以，」她說話的語氣，好像有人在她背後推了一把，「我希望妳代我寫一封信向他告白。」

寄居蟹小姐最後的表情好像快哭出來了。

送寄居蟹小姐離開後，因爲天氣太好，我決定清洗鋼筆。鎌倉一整年的濕氣都很重，今天是難得乾爽晴朗、濕度很低的日子，一年之中也難得有一天這麼舒服，是適合清洗鋼筆的好日子。

我目前有五支鋼筆，其中兩支是卡水式，其他三支都是吸墨器式。在三支吸墨器式鋼筆中，其中一支是上代晚年愛用的寫樂鋼筆，最大的特徵就是筆尖像薙刀一樣細長。另一支是我上高中時，上代買給我作爲賀禮的華特曼「路・曼100」。另一支是之前男爵委託我寫拒絕別人借錢的拒絕信時使用的萬寶龍鋼筆。

我平時盡可能多使用鋼筆，以免長時間放著不用，但隔了一段時間沒寫，墨水就很容易阻塞，寫起來會很不順暢。這種時候，就必須用水清洗筆尖。無論卡水式還是吸墨器式，都可以用水洗。

聽寄居蟹小姐說話時，我就覺得用上代愛用的寫樂鋼筆寫這次的信最適合。因爲筆尖很長，寫起來很滑順，可以順利引導出寄居蟹小姐絕對稱不上健談的話語。

而且，寄居蟹小姐很細膩，把她幽微細緻的心思訴諸文字時，當然非土生土長的國產鋼筆莫屬。

國外製造的鋼筆筆尖都磨得很圓，方便書寫英文字母。寫樂鋼筆的筆尖有一定的寬度，握筆的角度不同時，可以自在地寫出從極細的字到粗字等各種不同的字，遇到日文中常見的點、挑、捺，也能夠像用毛筆寫字一樣，充分表現這些微妙的線條。

但是，這支筆對我來說太沉重。並不是指物理的重量，而是我覺得這支寫樂鋼筆就像是上代的象徵，有時候難以應付，有時候又覺得太隆重，當我回過神時，發現自己在不知不覺中對它敬而遠之。每次拿起這支筆，都需要很大的勇氣，所以除非必要，我幾乎不用這支筆。

首先把剩下的墨水擠回墨水瓶。

擠完墨水後，用面紙輕輕擦拭筆尖，再從筆身拆下筆尖後，把筆尖放進裝了水的杯子中。水一下子就變黑了，所以要多換幾次清水洗乾淨。最後再用自來水從筆握沖向筆尖，仔細清洗內側。用軟布擦拭筆尖上的水滴後，等待自然乾燥。

上代健在時，清洗鋼筆都是我的工作。上代幾乎不會讓墨水一直留在鋼筆內，只要有一段時間沒有使用，就會要求我清洗。相較之下，我太懶散了。有時候猛然想起裝了墨水的鋼筆還在抽屜深處沉睡。

幾天後，我拿起乾淨的寫樂鋼筆吸墨水。

把筆尖浸入墨水瓶中，旋轉吸墨器，祈禱著可以傳達寄居蟹小姐的心意。墨水就像被吸管吸上來般慢慢滲上來，我以前就很喜歡這種感覺，有一種自己正在喝頂級果汁的充實感。

我選擇了綠色的墨水。平時的代筆工作很少使用綠色墨水，幾乎可以說從來沒用過。但我聽寄居蟹小姐說故事時，覺得她說出的話語看起來像綠色。

大自然中有很多綠色，寄居蟹小姐的心意也很自然。就好像植物從大地吐出新芽，寄居蟹小姐內心萌生的「喜歡」這種感情也很眞切。大自然不會說謊，也不會欺騙、欺瞞自己。誠實地活著，誠實地死去。這種態度和寄居蟹小姐的生活態度不謀而合。

而且，綠色會使人心情平靜，我希望可以用這種顏色表達寄居蟹小姐深遠的心意。

正式的書信基本上都採取直式，但這次我想要呈現寄居蟹小姐的純眞，所以用橫式書寫。我挑選了阿瑪菲紙作爲信紙。說到手工紙，通常都會想到和紙，但其實歐洲也有手工紙。義大利南部的阿瑪菲鎭以前盛產手工紙，至今仍然以水車爲動力，用石磨搗爛棉質纖維，倒入框架的這種傳統方式製作高品質的手工紙。

百分之百純棉的阿瑪菲手工紙手感溫潤，摸起來就像擦了化妝水的肌膚。紙張的四個角落仍然保留了抄紙的痕跡，整體感覺很溫柔，上面還有浮水印。我想用結合了阿瑪菲的燦爛陽光、碧藍的大海、清爽的風和豐沛溪谷的這張紙，傳遞寄居蟹小姐的心意。

寄居蟹小姐之前一直獨自走在森林中，不時撥開荊棘，走在沒有人走過的路上。我想像著她一路走來的漫漫長路，很希望能夠默默支持她內心這份「喜歡」的感情。

信紙當前，我用柔軟的緞帶輕輕綁起寄居蟹小姐和我自己的腳。接下來，要輕輕摟著寄居蟹小姐的肩膀，兩人三腳走向森林深處。

在寫信過程中，我不時佇足，從樹梢之間仰望天空，感受耀眼的藍天。

我輕輕解開綁住兩人三腳的緞帶，放下寫樂鋼筆。雖然明知道不可能，但仍然覺得鋼筆自己動了起來，寫下了這些內容。

地榆的紅色花朵不為人知地楚楚綻放，在風中搖曳的身影，讓我想起了寄居蟹小姐，和雖然我沒有見過，但寄居蟹小姐愛慕的男人。寄居蟹小姐造訪山茶花文具店那天臨走之前，告訴了我關於吾亦紅的故事。

我第一次體會到寫樂鋼筆和自己合為一體。寫信的過程中，我完全沒有沉重的感覺，書寫時甜美的氛圍，簡直就像墨水直接從我的指尖滲出，溫柔地親吻信紙表面。

隔天早晨，我又重新檢查了信的內容，完成最終校對後，黏好信封。除了信紙以外，我還把名為「文香」的香包放進信封。當對方打開信時，就會聞到淡淡的雅緻香味，這種香氣也完全符合寄居蟹小姐的氛圍。我衷心祈禱寄居蟹小姐的心意能夠化為一縷甜美的輕風，吹進對方的心裡。

前幾天，我在路旁看到了綻放的地榆。
雖然我忘了是什麼時候，
但記得是你教我認識了地榆的花。
我查了資料，發現地榆的日本名稱除了「吾亦紅」以外，
還有「吾木香」「割木瓜」等別名，
但我還是覺得你告訴我的「吾亦紅」這個名字最適合。
當時，你立刻在紙上寫了高濱虛子的詩句，
「吾雖悄然生，莫忘吾亦紅」，
你還記得這件事嗎？
我一直珍藏著你當時寫的那張紙。
我們身上都背負著沈重的殼，
所以天空並非總是晴朗舒暢，
但至今為止，你的溫柔一次又一次拯救了我。
雖然你不健談，也不幽默，
但總是陪伴在我身旁，
看著相同的風景。

於是我知道，
在這個世界上，
並不是只有我一個人感到孤獨，
這樣就可以感到安心，
同時也希望自己對你而言，就像一張舒適的沙發。
最近，我發現自己終於理解了
高濱虛子寫的詩句的深刻涵意。
我也像吾亦紅。
和別人一樣，
對你的心意也在內心深處漸漸染紅。
你知道吾亦紅的花語嗎？
此時此刻，
我很想把吾亦紅的花語傳達給你。
如果有一天，
能夠和你手牽手在森林漫步，
那將是多麼幸福。

前幾天，我在離鎌倉宮不遠處看到了招租的廣告，我想不起以前那裡是二手書店，還是古董雜貨店。

我從門口的玻璃窗縫隙向內張望，發現店裡的東西幾乎都搬走了，門口附近的牆上長滿了漂亮的爬牆虎。

我激動不已，很想馬上通知蜜朗，但還是獨自仔細思考了一整晚。

蜜朗和QP妹妹住的公寓即將續租，蜜朗目前工作和住的地方在一起，的確很方便，但從客人的角度來看，那裡絕對不是理想的地點。無論蜜朗再怎麼努力，也很難吸引更多客人上門。

「那裡的地點超棒。」

隔天，我下定決心後打電話給他。雖然這種重要的事應該當面說，但因爲是非假日，所以無法如願。我算準了蜜朗還在家的時間打電話，直截了當說了招租店面的事。

「但租金會增加，目前店面和住的地方在一起，所以租金很便宜，才能勉強經營下去。」

蜜朗當然猶豫不決。

「既然這樣，你們可以搬來我家啊，你只要付店租就好。從這裡到那家店距離很近，QP妹妹和我在一起，你也可以很放心。」

這是我經過一整晚的深思熟慮後得出的結論。我覺得我們的「就近分居」生活也許該結束了。至今為止的婚姻生活，讓我充分了解到蜜朗的為人，我有自信不會後悔。

「雖然這裡的房子很老舊，沒辦法很舒適。」

沉默片刻後，蜜朗靜靜的聲音傳入耳中。

「小鳩，妳真的認為這樣好嗎？」

「正因為我覺得這樣很好，所以才會這麼提議啊。其實我從夏天開始，就一直在想，一家人是不是應該住在同一個屋簷下。雖然可能和去了你老家有密切的關係，但我希望可以更經常和你，和QP妹妹在一起。」

我極力表達自己的主張，因為這是事實。只是之前缺乏契機，所以就一直沒說，但是，昨天看到招租廣告時，我立刻靈光閃現。咖啡廳搬來這裡之後，蜜朗應該就可以用他自己的方式做生意。因為他之前嘗試了各種方式，店裡的生意仍然沒有起色，其中一定有什麼重要的原因，不如下定決心大膽突破。

「那下次就去看看那個店面。」

蜜朗含糊其辭，我情不自禁大叫起來。

「不行！你這麼拖拖拉拉，會被別人搶先。鎌倉沒這麼好混，所以你馬上和我一起去看，現在我可以稍微溜出去一下。」

如果蜜朗在我面前，我一定會用力拍他的背，把他往前推。

十五分鐘後，我們站在一起打量那家招租的店面。

「店面的大小也剛好，對不對？」

「除了吧檯以外，再放幾張餐桌，感覺的確很不錯。」

「如果你在這裡開店，QP妹妹也不需要轉學。」

蜜朗穿著圍裙，別人一定覺得我們兩個人很奇怪，但我顧不了這麼多。

「這裡離公車站很近，客人也許會在回家之前進去坐一下。我想你應該知道，這附近有不少人搭橫須賀線去東京上班。鎌倉車站周圍的確有很多餐廳，但我覺得他們更希望能在住家附近找個地方喝一杯，或是吃晚餐。你現在的店無法讓人在回家前去小坐一下。住在山上的人，回家前會經過你的店，但住在這附近的人不會特地爬上坡道去，對累了一整天的人來說，這實在太辛苦了。因爲大家都搭擠滿人的電車，一路搖晃回來，已經累得精疲力竭了。但如果你的店開在這裡，下了公車之後，走幾步路就到了。我覺得你下定決心轉型爲針對本地人的咖啡店也不錯。如果搬來這裡，目前的老主顧也不會因爲店搬家而覺得不方便。」

我一口氣說完這些話，覺得口乾舌燥，但我覺得說出了自己想說的所有話。

「總之，我希望你積極考慮這個問題，因爲我認爲是絕佳機會。」

說完這句話，我就一路跑回店裡。我在店門口貼了一張紙，說自己五分鐘就回來。

之後的進展一帆風順。

我對蜜朗說：「眞是妥妥貼貼啊。」在一旁聽我們說話的QP妹妹以爲我在說「兔跳跳」，學兔子的樣子玩了起來。

「我們三個人很快就要住在一起了。」

QP妹妹聽我這麼說，露出莫名其妙的表情，然後目不轉睛地注視著我的眼睛問：

「一直嗎？」

「一直、一直。」

我回答。

「太棒了。」

QP妹妹跳了起來。在QP妹妹遇到喜歡的人、結婚離家之前，我們都要一直住在一起。

因爲要盡可能節省開支，所以一切家具什物就沒有請搬家公司，而是自己慢慢搬。蜜朗每天在咖啡店打烊後，晚上用推車搬東西的身影，看起來就像爲了躲債連夜逃走，我想笑也不敢笑，但對我們守景家來說，是邁向共同生活的可愛第一步。

因爲店面無法直接使用，可以自行整修的部分就由蜜朗自己動手，新店準備明年開張。照理說，一切都順順當當。

星期六晚上，我發現了那些筆記本。在蜜朗家的車庫內，那些筆記本和幾個裝了可燃垃圾的袋子放在一起。我經過時以爲只是垃圾，但莫名感到在意，又走回去確認紙袋裡的東西。

我從紙袋中拿出來翻了一下，立刻知道是美雪寫的。裝在紙袋裡的這些筆記本都是美雪以前寫的日記。那是每兩週爲對開雙頁的記事本，除了當天的待辦事項以外，她還詳細記錄了買菜的內容，也同時發揮了記帳本的功能。

從中途開始，出現了「產檢」的文字，詳細記錄了美雪當天吃的食物和身體狀況，在用紅色水性筆寫了「預產期」的十天後，寫著「生了！終於生下來了！」美雪身爲「母親」的人生，從那一天開始。

美雪大部分都用鉛筆，她寫的字很小、很工整，但很可愛。至今爲止，蜜朗幾乎沒有在我面前提過美雪是怎樣的人，但我覺得自己一看到她手寫的字，立刻了解她是怎樣的女人，而且也馬上喜歡上她。

我說不清楚，這是一種無限接近於「戀愛」的感情。我自己也覺得愛上丈夫的前妻這件事很荒唐，但我可以無條件地喜歡寫這種字的人。比起看再多照片和影片，我可以從她的字中，清楚感受她這個人的輪廓。

我覺得不能站著看這麼重要的東西，所以就拎著紙袋去三樓，然後悄悄藏在蜜朗不會發現的地方。

我們三個人一起吃完晚餐後，我和ＱＰ妹妹一起泡澡，但不管在吃飯時還是洗澡時，我都惦記著美雪的日記。

我無法原諒蜜朗把這麼重要的東西放在那種地方。一想到這件事，就生氣得想哭。

當我們洗完澡，輪到蜜朗去洗澡時，我先陪QP妹妹睡覺。確認QP睡著之後，我把裝日記的紙袋拿了出來，在隔壁房間的桌子上再度打開。

慶祝滿一週、去神社參拜、慶祝滿一百天。

美雪記錄的文字中充滿了對QP妹妹誕生的喜悅，日記寫下了每天發生的事。

陽陽都不喝我的奶，
到底該怎麼辦才好？～

昨晚陽陽沒有哭鬧，
所以我和阿蜜一覺睡到天亮。

雖然我好想吃泡芙和布丁，
但在陽陽斷奶之前，我要忍耐、忍耐！

日記上記錄了有關美雪的所有事。

但是，在某天之後，美雪的文字就從日記上消失了。無論怎麼翻，都聽不到她的聲音。

最後一天，也就是在事件發生的前一天，她寫了這樣一段話。

明天是阿蜜發薪水的日子！
所以要大手筆吃涮涮鍋！
除了買肉（但不是牛肉，而是豬肉），還要記得買芝麻沾醬。

美雪……我在心裡呼喚著她的名字，但不知道接下來該說什麼。總之，我很想用自己的雙手緊緊擁抱她。

蜜朗洗完澡出來時，我對他說：

「對不起，我想和你談談，可以嗎？」

我覺得這種事不說清楚，以後會造成更大的不良影響，傷害我們之間的關係。所以，即使雙方都會感到痛苦，但還是必須好好談一談。

「好。」蜜朗說完之後，走出房間，在睡衣外披了一件開襟衫後走了回來。雖然才十月，但已經冷得刺骨，很想要開暖氣。蜜朗在我對面坐了下來。

「可不可以解釋一下，你打算怎麼處理這些東西？」

我把美雪的日記排在蜜朗面前，直截了當地問。總共有五本日記。蜜朗沉默不語。

「我剛才大致看了內容。這些東西很重要吧？不管對你還是對QP妹妹來說，都很重要吧？雖然我不願意相信，但你打算丟掉嗎？希望你可以說出合理的解釋。」

「對不起，」蜜朗沉默片刻後，用沙啞的聲音小聲說道，「我猶豫了很久，但還是覺得把這種東西帶去妳家太對不起妳了。」

「你怎麼可以說是『這種東西』？那不是美雪人生的證明嗎？」

「但是，我一直覺得有一天必須放手，這次剛好是很好的機會。」

「這些日記不是不需要的T恤和襪子！」

QP妹妹在隔壁房間睡覺，所以我不能太大聲。雖然我努力小聲說話，但聲音變得很尖。

「但我一直留著前妻的日記，妳不會覺得很討厭嗎？」

「這不是討厭不討厭的問題，而是你人格的問題。」

我越說越難過，淚水忍不住流了出來。

「為什麼是我人格的問題？難道我必須一輩子都背負被害人的丈夫這個包袱活下去嗎？我好不容易再婚，有了新的伴侶，難道一輩子都無法擺脫這件事嗎？我已經夠痛苦了，也飽嘗了各種辛酸。而且，即使丟掉這些日記，回憶也不會消失。美雪好好地活在我和女兒的心裡，以後也會一直活著。更何況我早就把這些日記看熟了，幾乎記住了所有的內容。早知道就不應該因為發薪水，就大手筆吃什麼涮涮鍋。如果我對她說，只要用冰箱裡的食材煮一餐就好，她就不會捲入那種事件。前一天，美雪問我明天要吃什麼，是我回答說要吃涮涮鍋。我一直、一直為這件事感到自責，但即使再怎麼自責，美雪也不會再回來。這就是現實，我們無法回到過去，只能繼續向前走！」

蜜朗也哭了。淚水滴在桌子上，發出啪答啪答的聲音。我第一次聽到蜜朗內心的吶喊，有點不知所措。

「即使這樣，也不至於要丟掉啊。也許你是顧慮我的心情，但我反而受到了傷害。我喜歡美雪，非常非常喜歡。我從來沒見過她，這麼說或許很奇怪，但如果我們見面，一定會成為好朋友。我一廂情願地對她產生了友情，也希望以後繼續和她當好朋友，所以，我不希望你勉強自己從人生中排除她。」

「我並沒有勉強自己排除她。」

「但是，我每次來這裡，你就把佛壇的門關起來。那種行為很失禮，無論對美雪還是對我都一樣。你顧慮我的心情，這反而更讓我在意。像你媽媽在掃墓時大聲叫美雪的名字反而更暢快。你完全不了解我的心情，不要因為我年紀比你小，就把我當成小孩子！」

也許一直以來，我和蜜朗之間的關係太平安無事了，在說話的時候，漸漸無法了解自己到底對不對，但我不想輸給他。

「今天晚上我要回家。」

我站起來靜靜地說。

我覺得和蜜朗在一起很痛苦。

我輕輕走去更衣室換衣服，以免把QP妹妹吵醒。

臨走時，我看到放在廚房的珠芽飯飯糰。我看了婆婆寫的紙條後才知道，珠芽是山藥的小寶寶，是秋季的時令蔬菜。

我和蜜朗聊天時說，我可能沒吃過珠芽，於是他賣力煮了珠芽飯。稍微加點鹽後，吃起來更加美味。蜜朗剛才把剩下的珠芽飯做成飯糰，說明天早上大家一起吃。

看到珠芽飯的飯糰，淚水再度滑落。我也不知道自己打算去哪裡。

「晚安。」

我輕輕關上了大門。

然後，獨自走在夜晚的路上。我以爲蜜朗會來追我，但他並沒有追出來。吐出的氣漸漸變成了雪白色，因爲很冷，所以我邁開大步走。

我好像聽到哪裡傳來聲音，抬頭一看，漂亮的星空讓人懷疑自己的眼睛。星空眞的在閃閃發亮。眞希望和蜜朗一起仰望這片夜空，眞想讓QP妹妹也看看滿天星斗。

這麼一想，不由得感到格外空虛。

星期天，我去了茅崎看電影，星期一又去左可井吃午餐。左可井是淨妙寺杉本觀音前的星鰻丼餐廳。

仔細思考之後發現，我已經好幾個月沒有獨自走進餐廳吃午餐了。我完全沒想到自己有一天會想要一個人靜一靜，但此刻的我只想一個人，不希望任何人走進我心裡。

因爲附餐有湯、小菜和煎蛋，所以我點了星鰻丼的套餐。我從上代那裡得知這家店，但並不是她直接告訴我，而是她寫給靜子女士的信中不時提到左可井的星鰻丼。上代在信中說，她想要一個人吃大餐犒賞自己時，就會毫不猶豫來左可井。

上代在重大日子時，都會去吃鶴屋的鰻魚飯，而左可井是平時的大餐，這也未免太好懂了。看來她眞的很喜歡細細長長又扭來扭去的食物。

我看著庭院內的梅樹，吃著星鰻丼套餐。每一道菜餚都是熟悉的味道，吃到一半時，我覺得好像在吃上代做的午餐。炒豆腐渣、鹽漬小黃瓜、味噌湯、蜜煮花豆、佃煮昆布，最令我驚訝的就是煎蛋。這裡的煎蛋口感微甜，紮實有彈性，和上代的煎蛋如出一轍，那是我想要模仿也絕對做不出來的味道。

星鰻丼當然也很好吃，蒸得蓬鬆柔軟的星鰻香氣十足，油脂也恰到好處。

但是，吃這麼美味的美食，竟然沒有對象可以分享「眞好吃」的感想，這件事令我愕然。我感到孤單、空虛和寂寞，難道享受孤獨的歲月已經離我而去了嗎？

蜜朗說的話並沒有錯。

他背我的那一次曾經說，與其苦苦追尋失去的東西，還不如好好珍惜自己目前擁有的。

這句話深深拯救了我，也因爲這句話，才讓我能夠用肯定的態度接受和上代之間的關係。

我說的話和蜜朗說的話也許在根源的部分一致，但丟棄美雪的日記，和把那些日記繼續留在身邊是完全相反的行爲。

美雪希望怎麼處理？如果我是美雪，會希望怎麼處理？

有客人在餐廳門口排隊，我只好匆匆離開。因爲還不想回家，所以就走去報國寺。報國寺的竹子很有名，星期天早上會舉行座禪會，我也曾經參加過好幾次，此刻很想看看那片竹林。

我付了參觀費，買了抹茶券，走進報國寺深處，面對竹林庭院喝抹茶。

竹子眞是果斷堅決，毫不猶豫地向天空伸展的樣子令人羨慕。但是，仰頭看向天空時，發現一根根看似獨立的竹子，竹葉在天空中相互扶持，而且竹子的根部都連在一起，感覺就像是一家人。

閉上眼睛，水聲和鳥聲格外清晰。隔著竹葉撒落的陽光在眼瞼內側搖曳，迎面吹來舒爽的風，彷彿聽到竹子對我說，像現在這樣過日子就好。

緩緩睜開眼睛，完成使命的竹葉在空中旋轉，優雅地飄然而落。每次看竹子，就會覺得唏嘩唏嘩發出不平靜聲音的心稍微變得輕盈。

難道是我緊抓著往事不放？

仰頭望著竹林，繼續思考「如果我是美雪？」這個問題。我希望心愛的人能夠歡笑每一天，即使在這個過程中忘了自己也無妨，我希望心愛的人不要被往事所困，希望他走向未來。

回家時，我沿著田樂辻子之路來到 LA PORTA，然後臨時想到去 Berfold 張望，發現櫥窗裡有刺蝟。刺蝟抬頭看著我的雙眼很可愛，好像在等待我把它們帶回家。我不加思索地把剩下三個全都打包回家，終於實現了小時候夢寐以求，把所有刺蝟都帶回家的願望。

回家之後，泡了紅茶，先吃了兩塊刺蝟蛋糕，然後睡了一個午覺，晚餐吃完茶泡飯後，又吃了剩下的最後一塊蛋糕。

因爲吃得太撐了，所以開始打掃佛壇幫助消化。佛壇內積了不少灰塵，我也把裝了上代和壽司子姨婆的相框表面擦得一乾二淨，然後收拾了原本放在那裡的東西，騰出了空位。

美雪的佛壇就放在這個位置。雖然並排放兩個佛壇很少見，但我覺得對我來說，這樣才是正確的答案。無論努力不忘記或是努力忘記，兩者都很重要，我和蜜朗的夫妻吵架沒有誰對誰錯，而是沒有輸贏。獨處了一天之後，我終於發現了這件事。

當我回過神時，突然很想寫信。沒有時間仔細斟酌挑選信紙和筆，隨手拿起放在一旁的 Uni 筆，迅速把目前內心的想法訴諸文字。如果先寫草稿，重要的精華全都會流失，所以完全不打草稿。我想寫下此刻的眞實想法，傳達給蜜朗。

蜜朗：

那天的爭執演變成我單方面責備你，

真的很對不起。

之後，我很後悔自己奪門而出。

我們一家三口難得可以共度的星期天早晨，卻被我毀了。

QP妹妹很期待早晨起床後，大家一起吃烤玉米芽飯飯糰，

我真的做錯了，

也為自己做出這種自私的行為深刻反省。

但是，經過這次的爭執，我發現一件事。

那就是我們必須生活在一起。

我深刻體會到，

原來孤單一人這麼無聊。

一個人的時候無法知道自己的體溫，

但是，碰觸到自己以外的人的肌膚時，

就可以感覺到手心很熱，或是腳很冰冷。

和你、QP妹妹成為一家人，

將我的人生推向意想不到的方向，

也拓展了我的人生，

我覺得自己好像坐在魔毯上，

謝謝你們讓我見識到從未見過的世界。

所以，我想和你們一起去天涯海角，
見識一下以前不曾看過的世界。
仔細想一想之後發現，
這是我第一次靜下心來寫信給你。
就好像職業廚師在家不會下廚一樣，
我平時經常因為工作需要寫信，
但在私生活中反而很懶得寫信，真對不起。
但在寫這封信時，我終於發現，
其實我最應該寫信給你，
不，是我最想要寫信給你。
我很愛你。
對了對了，關於美雪的日記一事，
我覺得可以交給我保管，你說呢？
這麼一來，你就可以對那些日記放手，
我也可以留下那些日記。
這麼簡單的事，我卻繞了一大圈才想到。
你聽我這麼說，或許會覺得很不可思議，
但我一直覺得，守景家有四個人，
你、QP妹妹和我，還有美雪，
我們四個人一起生活。

對你來說，根本是夢寐以求的大享齊人之福！
剛才，我在祖母的佛壇旁騰出空間，
準備放置美雪的佛壇。
無論你、我和QP妹妹都不是從樹上長出來的，
並不是不通人情的人。
從高知回來後，我一直隱約思考著這件事。
希望有朝一日，
我也可以像這樣寫信給美雪。
雖然現在還無法做到，
但我相信未來一定可以做到。
很期待週末見面，
但在週末之前，如果東西整理好了，
隨時可以搬過來。
希望可以早日見到可愛的女兒。

鳩子

寫完「鳩子」的名字後放下筆。因爲一心想著把內心的想法告訴蜜朗，完全沒想到要寫好看的字，所以文字並不優美，只有看到明顯寫錯字的地方，用修正帶塗白之後，再改成正確的字。

平時代筆的工作絕對不會用修正帶，但這是寫給家人的信，而且一鼓作氣很重要，所以這次就不計較了。

這次無法先在佛壇旁放一晚，等隔天早晨再重新檢查一次，更何況這是私信，根本沒必要這麼做。

在信封上寫了地址和姓名後，立刻折好信紙，放進信封內。信紙和信封都是隨手拿現成的，所以並不成套，但貼了一張我喜歡的郵票，是最近推出的兔子郵票。貼好之後，我走去最近的郵筒寄信。

屋外像深夜般寂靜。雖然蜜朗曾經叮嚀我，天黑之後不要一個人出門，但我很喜歡偶爾體會一下這份寂靜，感覺整個世界就只剩下我一個人。

雖然我知道直接投進蜜朗家的信箱更快，但不知道他什麼時候才會收到的不確定感也不錯。

我們順利和好了。吵架的時候，坦誠說出或是寫下內心的想法最重要。我和蜜朗再度團結一致，爲實現共同生活的目標努力。

對蜜朗來說，如何處理美雪的遺物似乎是最大的問題，他之前試圖一個人解決這個問題，所以才會陷入煩惱，但只要有我和QP妹妹，一家人共同解決，原本看起來像巨大岩石的問題，就會縮小成一塊小石頭的程度。

問題最難的並不是只要全都留下來就好，也不是全都丟掉就能解決。在這件事上，能夠做出正確判斷的並不是我和蜜朗，而是QP妹妹。

比方說，在煩惱該如何處理美雪經常穿的一件比較正式的大衣時，蜜朗說他好幾次都想要丟掉，但最後都覺得太可惜，所以又留了下來。

「如果有很多回憶，還想留在身邊的話，最好就留下來。否則一旦丟掉，很可能會後悔。」

我對蜜朗說。

「不是因爲我有很多回憶，而是她當初因爲很喜歡而買的大衣，價格也不便宜。」

蜜朗小聲說。

QP妹妹聽了之後斷言說：

「誰都不穿的話，大衣很可憐啊！」

「但是，等妳長大之後，搞不好可以穿。」

我說。

「我不會穿。」

QP妹妹一臉嚴肅地回答，而且又說：

「那就去送給難民。」

她似乎在學校學到了難民問題。比起當垃圾丟掉，如果有人願意珍惜美雪的遺物，送給那個人使用也許更理想，這麼一來，就不會浪費美雪的大衣。

「美雪以前也經常捐款。」

聽到蜜朗這麼說，我也表示同意。

「是啊，日記上也經常看到她寫今天捐了一百圓，所以這麼做也許眞的比較好。」

於是我們決定將美雪的衣物中還可以穿的洗乾淨，捐贈給公益團體。這的確是一個好主意。

美雪的相片都由QP妹妹負責保管。即使QP已經不記得美雪了，她仍然是生下QP妹妹的母親。

「偶爾也要借我看一下。」

我拜託QP妹妹，她笑著回答說：「好啊。」

至於美雪之前看牙科的掛號證和化妝品的集點卡，就趁這個機會全都丟掉了。

雙層床拆開搬來後，再度組合起來，放在QP妹妹的房間。QP妹妹接手了我以前住的房間。

雖然當初曾經打算只留下單層的床，上層的床送給其他有需要的人，但想到QP妹妹以後可能會有弟弟或妹妹，所以就繼續保留下來，而且有客人來家裡住時，也可以睡雙層床。

因爲我家已經有冰箱和洗衣機，再加上蜜朗的冰箱和洗衣機已經很舊了，所以就請二手家電業者上門搬走。我家沒有微波爐，所以直接接收了蜜朗的微波爐。當然，微波爐也是他用推車推來我家。

我們打算在十一月底前搬完所有的東西。

QP妹妹的書法課維持半個月一堂的節奏進行，通常都在星期六下午。

小學一年級已經學了不少漢字，一年級就已經會教像是「空」「花」「金」和「草」這些字。

其中，「一」「二」「三」特別難寫。乍看之下筆畫很少的字，越難寫出當中微妙的表情。

我至今仍然無法寫出完美的「一」，但QP妹妹的「一」寫得很漂亮。她的「一」落落大方，沒有絲毫猶豫，也沒有任何雜念。想必是因爲她完全沒有要寫得完美的想法，才能寫出這樣的字。

今天的課題是「生」字。

首先，我用楷書示範了這個字，然後從後方扶著QP妹妹的手，當她記住筆畫後，就由她自行練習。

我也在一旁拿起毛筆。在他們父女搬來這裡之前，我必須寫一塊新的門牌，必須將以前的「雨宮」換成「守景」。雖然早就該做這件事，卻一拖再拖，最後期限也漸漸逼近。

只要想像一家三口相互扶持，感情和睦地生活，應該可以寫好「守」這個字，但「景」很難寫，一旦寫不好，上面的「日」就會和下面的「京」分開。雖然我知道不可能超越上代寫的「雨宮」這兩個字，但代表房子門面的門牌也不能寫得太寒磣。

只不過越想寫得好，就離自己想要寫的、理想中的字越遠。我想寫不太剛強，但也不會太軟弱，任何人都看得懂，不賣弄風情卻又充滿威嚴的字，只不過現實無法如願。

「老師，我寫好了。」

默默練習的QP妹妹終於出聲說道。我之前和她約定，上書法課時要用敬語，她乖乖遵守了這個約定。

「寫得眞不錯。」

我看了她寫的字，發現她用有力的筆跡寫了「生」。

「生」是表現草木在地上生長模樣的象形文字，語源來自發現生命。因此衍生出生命、生活、謀生、生存、生涯、出生、生產、生育、生長、生成、生息、生機等各種不同意義的詞彙。

我用紅色墨汁爲寫得出色的地方畫圈，在需要改正的地方寫上注意事項。雖然我覺得QP妹妹寫得很好，但如果馬上就畫圈，就失去了練書法的意義。當然，我也不至於在雞蛋裡挑骨頭。

QP妹妹再度低頭練習「生」這個字時，我也再度專心練習「守景」這兩個字。我想像著這棟房子充滿美麗的寧靜和明亮的光，提起手上的筆。

寫書法並不是花越多時間練習，就越能寫出接近自己理想的字。也許任何事都一樣，雖然中途的確會逐漸進步，但到了某個臨界點之後，專注力就會渙散。

一旦無法靜下心，字就會寫得亂七八糟，所以把握專注力的顚峰是重要的關鍵。只有自己能夠判斷什麼時候該落筆。

就是現在。我聽到了這個聲音，再度細心磨墨。

然後把木板放在墊板上。

先用毛筆沾滿墨汁，再在硯台角落調整墨汁量，毫不猶豫地一口氣運筆。

守景

好久沒有只爲了寫兩個字這麼緊張了。雖然無法得到一百分滿分，但至少有八十五分。即使上代看了，應該也會稱讚「寫得還不錯」。從下個月開始，這兩個字將成爲我們家的門面。

練完書法，我和QP妹妹喝茶、吃點心休息之後，請鄰居芭芭拉夫人幫忙照顧QP，我騎著腳踏車去豆腐店。今晚要吃湯豆腐。

上代之前就感嘆說鎌倉有很多居民，豆腐店卻很少。我也有同感。雖然小町路也有賣豆腐的店，但那些店家做觀光客的生意，鎌倉本地人不會去那種店買東西。因爲本地人並不需要時尚的包裝，只想吃普通的豆腐。

前不久，我終於發現了一家豆腐店，地點就在今小路上，在市公所的路口往壽福寺途中。

但我上次經過時沒有開，聽說一個星期只有兩天營業，而且是很傳統的豆腐店，會把豆腐裝在客人自己帶去的鍋子或容器裡。

爲了避免人潮，我騎向祕密捷徑。

這條捷徑上幾乎都是當地人。連結若宮大路和小町大路之間的這條小路總是悠閒平靜而樸實，每次經過這條路，就覺得心情也變得透明。因爲車輛無法進入，所以老人和小孩都可以安心走這條小路。

我也下了腳踏車，推著車子前進。

民宅圍牆上的茶梅樹開了花，野貓在陽光下把身體拉得很長，簡直就像麻糬一樣。

雖然繞了一點遠路，但我在雪下教會前轉彎，穿越段葛，再穿越小町路，在下一條小路往北走。只要在聖米歇爾教堂的轉角左轉，穿越鐵路，就可以避開人潮，前往今小路上的豆腐店。

如果不發揮這種小技巧，週末的鎌倉根本動彈不得。無論走去哪裡，到處都是人潮、人潮、人潮，不要以爲只是去附近買個東西，馬上就可以搞定。鎌倉的居民都暗自慶幸這裡沒有成爲世界遺產。

我買了一塊嫩豆腐和一塊老豆腐。對我來說，吃豆腐當然非嫩豆腐不可，但蜜朗主張老豆腐才有豆腐的美味。夫妻爲豆腐吵架也未免太無聊，所以我同時買了兩種，做湯豆腐時各放一半。除此以外，我還買了用豆腐和蔬菜做的炸豆腐丸飛龍頭和豆奶布丁。

離開豆腐店後，我又心血來潮去了壽福寺。

我把腳踏車停在參道入口，空著手走向通往山門的階梯。這裡是上代喜歡的地方，也是蜜朗曾經背我，充滿回憶的地方。

可以說，一切的緣分都是從這裡開始。山門周圍的樹木都蓄勢待發，隨時準備變色。

我一邊擔心放在腳踏車前籃子裡的豆腐，一邊稍微繞了一點遠路，去了政子的墓。

雖然距離並不遠，所以有一點去遠足的感覺。用巨石雕刻的其中一個高台是政子的墳墓，無論什麼時候造訪，墓前都插著漂亮的鮮花。

QP妹妹和芭芭拉夫人一起畫著色畫，我送了豆奶布丁給芭芭拉夫人。

「下個月開始，我們就要一起生活，請多指教。」

我正式向芭芭拉夫人報告。

「彼此彼此，也請你們多指教。」

芭芭拉夫人也客氣地向我鞠躬。

「這下子變熱鬧了，眞開心。」

「但可能會很吵，到時候請妳不要客氣，儘管直說沒關係。」

目前我一個人住，芭芭拉夫人也是一個人，所以即使聽到彼此的聲音，反而覺得有趣，也能夠和睦相處。但以後我家變成三個人，會增加很多生活雜音，芭芭拉夫人也可能會覺得我們聊天的聲音很吵。我現在才想到這個問題，不由地感到不安。不能因爲我們的共同生活，影響了芭芭拉夫人的健康。

「波波，妳不要這麼愁眉苦臉，不是說好要閃閃發亮嗎？」

我抬起頭，看到芭芭拉夫人露出笑容。

「是啊，要閃閃發亮。」

我只告訴芭芭拉夫人，蜜朗前妻的死因，所以她對我說的這句話，更深深打動了我的心。沒錯，我有閃閃發亮法則。

我先回到家，圍上圍巾後，帶著豆腐出門。星星已經在天上露了臉，山茶花文具店的招牌山茶花也冒出了花蕾。

突然發現之前曾經散發濃烈香氣的金桂花已經不再飄香。

不知道是否有人在燒落葉，冰冷空氣的深處飄來淡淡的煙味。

「回家吧。」

我握住QP妹妹的手。她的手掌溫暖而柔軟，但骨骼很結實。無論握多少次，都讓我有幸福的感覺。

離共同生活還有一個星期。

想到以後週六的傍晚不會再像這樣走去蜜朗家，忍不住有點依依不捨。其實這種週末相聚的「週末婚」生活也很開心。

隔天就要迎接一家三口的共同生活了，我正在二樓收曬好的被子，聽到店裡傳來大聲的叫喊。

「有人在嗎？」

「來了，請稍微等一下。」

如果現在不收進來，丘陵低谷處的濕氣會讓被子變得很重，所以我急急忙忙把被子收了進來。

我把被子隨手一丟，跑去店裡，發現可爾必思夫人站在那裡。

「這裡好像比葉山更冷。」

可爾必思夫人跺著雙腳，身體顫抖著，我立刻打開暖爐。

「我馬上為妳泡熱茶。」

我站了起來。

「我又要請妳代筆了。」

可爾必思夫人在我背後說道。她今天也是一身圓點圖案的打扮。

我在廚房泡了熱檸檬汁。用蜂蜜、生薑、肉桂、丁香和豆蔻醃製檸檬，接下來的季節，可以加在加熱過的紅酒中，做成熱紅酒。

我用托盤端上熱檸檬汁時，發現可爾必思夫人正在專心試寫原子筆。

「這種筆眞好寫。」

可爾必思夫人手上拿的正是我大力推薦的水性原子筆。

因為暖爐剛打開，山茶花文具店內還有煤油的味道，我請可爾必思夫人喝熱檸檬汁時，不由地對此感到抱歉。她自行拿出圓椅子坐了下來。

記得可爾必思夫人在兩年前的夏天，第一次走進山茶花文具店，請我代筆寫一封弔唁信。

不久之後，她的孫女木偶妹妹也來店裡。當時還是小學生的木偶妹妹委託我寫情書給她的老師，但最後並沒有寫。

不久之後，又得知上代曾經爲可爾必思夫人代筆寫了一封情書，她才和她丈夫結了婚。那次之後，可爾必思夫人每次都在我差不多快忘記她的時候翩然現身，買一些文具回去，但只有最初來的那一次委託我代筆。

「請問這次是怎樣的內容？」

因爲可爾必思夫人遲遲不開口，所以我主動問道。

只要曾經代筆過一次，我就能夠輕鬆以對。雖然代筆的時間很短暫，但在代筆期間，我完全變成了對方。透過對方的心與眼，窺視了他的人生，所以就不再覺得對方是陌生人。

「我很煩惱，不知道該怎麼辦……」

可爾必思夫人嘆了一口氣，和平時有話直說的她完全不一樣。

「瑞穗生病了。」

聽到瑞穗這個名字，我忍不住緊張起來，這次該不會又不是人？因爲上次的弔唁信是爲她朋友疼愛的寵物猴子的冥福祈禱。

但這次似乎和動物無關，可爾必思夫人用沉重的語氣繼續說下去。

「我之前借錢給瑞穗，其實也不是借錢給她，只是代她墊了錢。這件事已經有一段時間了。我們一起去奈良旅行，當時我一起付了訂新幹線的車票錢，然後把車票給了瑞穗，她接過車票並沒有把我代墊的錢給我，之後也一直沒還我。」

室內終於暖和起來，太陽已經漸漸下山了。

細花瓶中插的是茶樹的花，正如上代在信中所寫，茶樹的花很像小朵的山茶花，看了感到安心。

「有時候就是會遇到這種事。」

我喝著稍微變涼溫度適中的檸檬汁，附和道。

「她應該已經忘了這件事，所以我知道她沒有惡意，但我一直耿耿於懷。雖然新幹線的來回車票沒多少錢，只不過我內心的疙瘩一直沒辦法消除。已經是好幾年前的事，我也漸漸忘記了，但最近接到她的聯絡，說她生病了。這麼說或許有點烏鴉嘴，但如果她就這樣離開人世，在她死了之後，我也會一直惦記著她欠我錢的事。該怎麼說呢，我可能無法完全為她的死感到悲傷，但是，我又很討厭自己為區區幾萬圓悶悶不樂，也覺得自己很沒出息。一想到這件事，心情就很憂鬱。」

可爾必思夫人對我傾訴之後，心情可能稍微輕鬆了些，說話的語氣也比剛進門時輕快了些。

「瑞穗的病情很嚴重嗎？」

我覺得這件事可能很重要，所以想深入了解情況。

「她只說要住院，但可能不是小毛病。她離婚了，也沒有孩子，身邊也沒有人可以照顧她，其實我很想盡力幫她，但還是很在意錢的事。因爲一旦住院，不是會很花錢嗎？我也不好意思開口請她還錢，眞的很傷腦筋……。所以我靈機一動，想到可以請妳代我寫信給她。」

「靈機一動」的說法很符合可爾必思夫人的個性，但連比我人生經驗豐富的她都煩惱不已，對我來說當然也是棘手的問題。雖然每次代筆工作都充滿辛苦，但這次的難度更高。

「妳願意代我寫這封信嗎？」

可爾必思夫人露出懇求的眼神看著我。

我當然不忍心回答「不行」。如果是上代，絕對會接下這個案子，但這次是否能夠寫出一封具有說服力的信，解決可爾必思夫人的問題，老實說，我並沒有自信，搞不好反而會讓可爾必思夫人和瑞穗的關係更加惡化。

「可不可以給我一點時間考慮一下？」

我只是單純覺得面對自己做不到的事，不能謊稱可以做到，這也是在保護可爾必思夫人。

「好啊，我會等待妳下定決心，今天就先買剛才的原子筆。」

可爾必思夫人倏地從圓椅子上站了起來。我起身去拿她剛才挑選的原子筆，裝進袋子後，向她收了錢。

當可爾必思夫人離開時，天色已經完全暗了。

門口換了門牌，美雪的佛壇進入我家，QP妹妹的房間也完成了。因爲我希望讓他們舒舒服服搬進來，所以擦了窗戶，也仔細打掃了廁所。當我想像蜜朗和QP妹妹將和我一起在我從小長大的這棟房子生活，就忍不住笑容滿面。這一切即將成爲現實。

我等不及了，出門走去半路迎接他們。父女兩人剛好走在二階堂川上的那座橋上。蜜朗嘎啦嘎啦地拖著行李箱，QP妹妹背著書包。

「歡迎你們！」

我在橋頭對他們大叫。

「以後就要承蒙妳照顧了。」

蜜朗深有感慨地說。

「你現在是這個家的主人，所以要更有霸氣。」

我對他說這句話時，想到了新換上的門牌。

守景家如此這般，終於順利在同一個屋簷下生活。

但是，在共同生活中，有很多實際生活在一起之後，才會了解的事。

每天都有很多衣服要洗，每天要洗的碗盤也和一個人生活時無法相比。冰箱不塞滿食物就會感到不安，家裡只要稍微疏於打掃，很快就髒了。

蜜朗正在為明年在新的地方重開咖啡店奮鬥，但這段期間沒有收入，所以經濟上必須靠我多努力。養家之後，我才終於了解上代的處境。上代一定為了養活我拚命工作。

在共同生活之前，我興奮期待以後一家人每天都可以一起吃早餐，但根本想得太美了。我每天一大早就蓬頭垢面地忙來忙去，只為了讓QP妹妹能夠準時出門去學校。

但我希望早晨醒來後，可以享受獨自喝京番茶的樂趣，所以鬧鐘的時間設定得比之前更早，結果每天天還沒亮就起床梳洗，等待早晨的到來。

蜜朗負責晾衣服、整理廚房、打掃浴室，有些家事他做得比我更好。

我必須特別注意將工作和家庭分開，在和家人一起生活後，必須避免山茶花文具店充滿生活的味道。明年，我繼承山茶花文具店就滿三年了，在這段期間，我逐漸進行調整，也稍微改變了商品的陣容，和我同年代，或是比我更年長的客人終於漸漸增加了。

送QP妹妹和蜜朗出門上課、工作後，我和之前一樣，開始為山茶花文具店開門營業做準備。用掃帚打掃店門口和門前的路，為文塚換水，用乾布擦拭店裡的玻璃窗。

我每天都在打烊之後打掃店內，但在開門營業之前，還是會大致檢查一下地上是否有灰塵或頭髮，商品是否有破損，試寫的紙是否用完了，也是這個時候為插在細花瓶裡的花草換水。最後回到家裡上廁所，照一下鏡子，才打開店門做生意。

在一家三口的生活終於步上軌道的十一月中旬，一對男女走進店內。我以為他們是來這裡觀光，順便走進這家店，但我猜錯了。

我拿起暖爐上的茶壺，用熱水爲他們泡了香橙茶。不久前，蜜朗的老家寄來很多香橙，我加了砂糖醃製。

「我們想委託妳寫喪中明信片。」

那位丈夫說道。

目前去便利商店就可以輕鬆製作喪中明信片，雖然有人委託我代寫賀年卡，但我不記得之前曾經有人委託我代寫喪中明信片，而且很少遇到兩個人一起上門委託代筆。夫妻兩人的無名指上都戴著相同的結婚戒指。

我有一種不祥的預感，但拚命祈禱事情不是我想的那樣，沒想到我猜對了。他們剛失去孩子。那位太太始終低著頭，沒有抬起來，好像隨時快昏倒了，她先生從後方輕輕扶著她。

「那是他出生第八天的早晨，當我們發現時，他已經沒有呼吸了。」

我明知道自己的感情不能太投入，但還是失敗了，我的淚水流了下來。

「我們好不容易才有了這個孩子，之前曾經流產過一次。醫生說，這是嬰兒猝死症候群，至今仍然不知道原因。」

「我們希望留下兒子曾經來過這個世界的證明……」

太太費力地擠出聲音小聲說道。

「請問令郎叫什麼名字？」

我問。

「眞實的眞，生命的生，眞生……」

那位丈夫也忍不住哽咽起來。

「眞生嗎？我了解了，我會爲了眞生盡力完成。」

如今，我也有女兒，對這對夫妻的悲傷感同身受。

說起來很丟臉，我之前一直覺得喪中明信片只是形式而已，完全沒有想到其實背後隱藏了深刻的悲傷。但是，在見到眞生的父母之後，我的想法改變了。

那位丈夫給我看了爲紀念眞生的誕生留下的手印。他告訴我，那是在眞生夭折的前一天留下的。

「好小。」我嘀咕說，「但有指紋，還有掌紋。」

那位丈夫露出了笑容。

「指甲也很可愛。」

那位太太用手帕拭著眼角說。看到她的樣子，原本已經縮回去的淚水再度復活。

「對不起，我一直在哭。」

太太向我道歉，我什麼話都說不出。她遭遇了這麼大的悲傷，卻還在意我的觀感。

「葬禮也只有家人參加，親朋好友幾乎都不知道我們的兒子已經離開這件事，但聽到別人恭喜我們喜獲麟兒，眞的很傷心，所以決定寄喪中明信片。一旦寄出去之後，我們也許能夠慢慢接受兒子已經離開的現實。」

那位丈夫淡淡說道，但我相信他經歷了無數掙扎，才能夠走到這一步。正如蜜朗那樣，這對夫妻也一定很自責，認爲都是自己的過錯。

「活著眞是奇蹟。」

晚上的時候，我躺在被子裡，仰望著天花板對蜜朗說。我必須爲客人保守祕密，所以不能向他透露詳情，但還是無法不和他聊這件事。

「只能活八天，是怎樣的感覺？」

我百感交集地小聲說道，蜜朗用理所當然的語氣問：

「妳是在說蟬嗎？」

「不是啦，我在說嚴肅的話題，你不要逗我笑。」

「對不起，對不起，但蟬在地面上只能活八天的說法只是都市傳說，其實還可以活得更久一些。」

不愧是在大自然中成長的蜜朗。

「但如果是人的話，只活八天太短了吧，你覺得當事人會感到幸福嗎？」

我一直在思考這件事。

「當然幸福啊，人生不在於長短，而是如何度過有生之年。不是和周遭的人比較，判斷自己幸福或是不幸，關鍵在於自己能不能感覺幸福。即使只有短短八天，如果那個孩子能夠感受到父母滿滿的愛，被幸福的羽紗包圍，就一定會感到幸福。」

「你說得對，在這一點上，他絕對很幸福。」

我在說話時回想起眞生的父母白天一起來店裡。

「只不過即使對當事人來說是如此，家人可能不這麼想。任何人都希望心愛的人能夠多活一天，更何況是小孩子。」

「應該會感到無盡的悲傷。」

如果……如果QP妹妹也遭遇相同的事，我也許會發瘋。

「你想見到美雪嗎？」

我也爲自己突然問這個問題感到驚訝。沒想到稍不留神，這句話就脫口而出。

「當然想啊。」

「一定很想。」

我爲自己問這種理所當然的問題感到丟臉。蜜朗當然不可能回答說不想見美雪。

「對不起，我問這麼無聊的問題。」

我向他道歉。

「我也很想見到上代，最近更加強烈地這麼想，眞希望她可以教我更多事，但事實上再也見不到她了，這件事讓我感到愕然。」

我向蜜朗道晚安。

他也閉上了眼睛。

即使閉上眼睛，我仍然在想眞生的事。

眞生的爸爸說，他告訴自己，這就是眞生的命。果眞如此的話，眞生應該很想見到爸爸、媽媽，也許見到之後，就感到心滿意足了。

隔天早晨，天還沒亮，我就開始磨墨，提筆寫眞生的父母委託的喪中明信片。

我靜下心，集中注意力，努力傳達眞生曾經活著的證明。

放下毛筆，我閉上眼睛默禱。

眞生一定會再度選擇他們爲自己的父母，回到他們的身邊。一定會回來。

但是，下一次不要像蜻蜓點水般匆匆離去，要在這個世界停留更久。我對著天堂的眞生說。

我在流理台洗硯台時，聽到麻雀發出的可愛啾啾聲，天很快就要亮了。兩個各牽著一條狗的女人每天從我家門口經過，今天也嘰嘰喳喳聊著天走過去。

歐巴桑前一陣子失去蹤影，最近又頻繁露臉。牠可能也像我和美雪一樣喜歡蜜朗。

我把寫完的喪中明信片拿去印刷廠印刷，再由我寫上收件人的地址、姓名，貼上郵票後寄出。

服喪期間，恕無法在年末年始向各位拜年。
十月二十日，小犬真生辭世長眠。
雖然只是短短八天的生涯，
但真生走完了他的人生，啟程踏上了天堂之旅。
感謝各位真心為真生的誕生表達祝福，
目前我們仍然為真生的離別感到惋惜和悲傷，
但衷心希望有朝一日，
能夠再度帶著笑容和各位見面，
在那一天到來之前，
敬請各位用溫暖的眼神守護我們，
那將是我們最大的榮幸。

只要很多人記得眞生曾經降臨人世，曾經活在這個世界，眞生就會在別人的心中繼續活著。衷心希望這張喪中明信片能夠發揮這樣的作用。

今年，我只接受老主顧代寫賀年卡的委託，婉拒新客人的委託，但十二月期間仍然要爲很多張賀年卡寫地址和姓名。在著手進行這項作業之前，我必須先完成一項工作。

那就是可爾必思夫人委託的那封信，我遲遲沒有著手。

差不多該做一個了斷了。可爾必思夫人也說，希望能夠在年底之前解決這件事。

我鑽進電暖桌，吃著橘子，絞盡腦汁，左思右想。

一家三口開始共同生活後，我把上代生前用的電暖桌從儲藏室搬了出來。原本擔心可能無法使用，但插上電源後，發現完全沒有問題。鎌倉的空氣潮濕，電暖桌的被子有一股霉味，所以買了新的被子。日式老房子的地板很冷，電暖桌可以發揮很大的作用。

唯一的缺點，就是一旦鑽進電暖桌，就不想動彈了。QP妹妹和蜜朗也都不想離開電暖桌，所以全家人都擠在電暖桌旁。

我已經決定好要用什麼筆和信紙。這種內容的信，如果長篇大論，連續寫好幾頁，收信的人心情也會很沉重。因爲她們以後還要繼續當朋友，所以我認爲必須言簡意賅地說重點。

最近有很多長形的便條紙一筆箋，款式也很豐富。我打算用自來水毛筆寫在一筆箋上。一方面是因爲可爾必思夫人之前就在山茶花文具店買過自來水毛筆，而且不會像用毛筆寫信那麼沉重，但也不至於像用原子筆寫信那麼隨便。我覺得在一筆箋上用自來水毛筆寫得稍微潦草些，反而更能夠表達可爾必思夫人的眞心。可爾必思夫人寫這封信的目的，也不是爲了傷害對方。

我把雙腳伸進電暖桌，一口氣膽寫起來。

隔天，我向可爾必思夫人報告，代筆的信已經完成了，她感到很高興。其實這種時候，只要寫下自己內心眞實的感情就好。也許是我想得太複雜了。想必是雙腳伸進電暖桌，用穿著居家服的感覺，才能夠寫出這封信。

猛然發現紅葉的顏色越來越深，路旁的水仙開了花，早晨也可以看到結霜。山茶花文具店的山茶花也幾乎盛開了。回想起來，自己走過了動蕩的一年。

我突然很想看紅葉，星期天早晨，三個人一起去了獅子舞。獅子舞是地名，那裡是鎌倉不爲人知的紅葉名勝。我和蜜朗聊起獅子舞。沒想到他竟然沒去過，於是就由我帶路。QP妹妹也是第一次去獅子舞。

走過小橋，沿著道路往山的方向走了一段路，看見一座鐵塔。旁邊的農田中，巨大的白菜從泥土裡探出頭。

在準備進山的入口，看到了松鼠。我們沿著山路走向二階堂川源流的方向。因爲路面有點滑，所以我緊握著QP妹妹的手。也許是因爲一大清早的關係，沿途沒什麼人，樹枝之間的蜘蛛網像水晶一樣閃閃發亮，河流的水聲聽起來也很冰冷。

瑞穗，時間過得真快，和妳一起
去奈良旅行，已經是幾年前的
事了？那次真的很開心。
當時，我買了我們兩個人的新幹
線來回車票，但妳忘了給我車
票的錢。

妳當時說，晚一點去銀行領，之後
就沒有下文了。其實我應該早
點提醒妳，但我想太多了，而且
不希望妳覺得我很小氣，所以
就一直沒說。

明知道妳最近生病了，還在這
種時候提這件事，我知道自己
很失禮，但我希望日後繼續和
妳當朋友，所以就鼓起勇氣，把
這件事說出來。我討厭自己為
錢的事悶悶不樂，

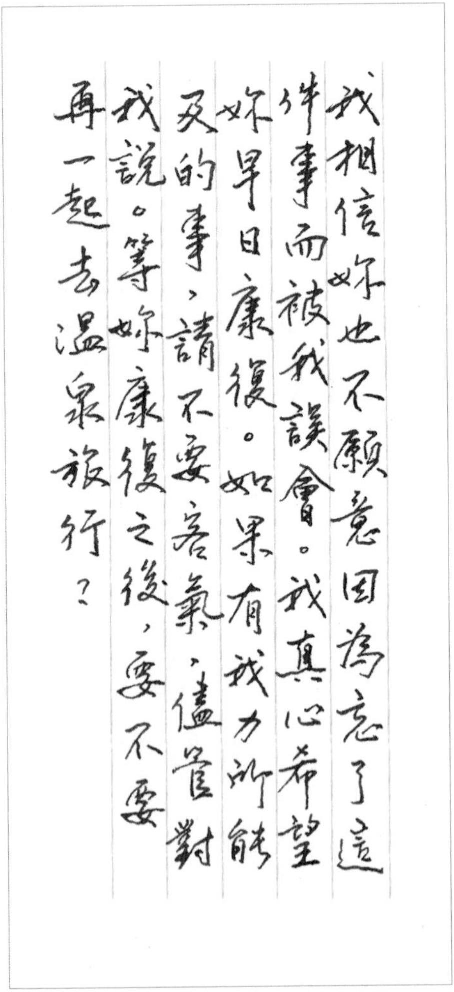
我相信妳也不願意因為忘了這件事而被我誤會。我真心希望妳早日康復。如果有我力所能及的事，請不要客氣，儘管對我說。等妳康復之後，要不要再一起去溫泉旅行？

我們沿著山路攀登了二十分鐘左右，看到前方一片色彩繽紛的森林。

「那裡就是獅子舞。」

我的話音剛落，QP妹妹立刻鬆開我的手衝了出去。

那是一片大自然的紅葉森林，完全沒有人工的痕跡。在寺廟看到那些修整過的樹上的紅葉固然美麗精巧，但不假人手的紅葉更加震撼。

我們並肩站在色彩鮮豔的樹葉地毯上，仰望著天空發呆。銀杏的黃色，耀眼眩目，面對如此美景只能嘆息。放眼望去，全都是紅色、橘色、黃色和黃綠色的樹葉。雖然我的肉眼無法分辨，但在這個瞬間，樹葉也持續變色。每一片樹葉都像是來自地球的信函。

QP妹妹可能很興奮，故意用腳踢起樹葉，或是雙手抓滿樹葉，然後丟向空中。滿滿的泥土味道彷彿蘊藏著生命的能量，不禁有點暈眩。

「今年就快結束了。」

「是啊，一轉眼就過去了，有點難以想像我今年才和你結婚。」

蜜朗的大手輕輕握住我的右手。蜜朗雖然個子不高，但手掌很大。寒風吹來，吹起乾燥的落葉。在樹枝上留到最後一刻的葉子像下雨般飄然而落。

「好冷。」

蜜朗縮著脖子說。他極度怕冷。

「回家吧。」

我擔心蜜朗感冒，玩得差不多後，就對著QP妹妹喊了一聲。QP妹妹喘著氣，迎面跑了過來。

每次遇到不開心的事，我都會去紅葉谷大喊。

這是上代在寫給靜子女士信中的一段話。紅葉谷就是獅子舞。不知道上代在這裡大喊什麼。

走下山路時，我也想盡情大喊。

風吹來，蕨類的葉子和竹葉好像管弦樂合奏般同時搖晃起來。

我們三個人悠然沿著來路往回走，蜜朗仰望天空。周圍是一片好像被遺忘在昭和年代的恬靜景色。

「妳聽過氣球叔叔嗎？」

我們稍微繞了遠路，走去永福寺舊跡時，蜜朗突然說道。

「氣球叔叔？好像有聽過，又好像沒有……」

「是嗎？那我就大致說明一下。那個叔叔在身上綁了氣球，然後就飛走了。」

「綁了氣球就可以飛上天空嗎？」

默默聽我們說話的QP妹妹突然雙眼發亮。

「妳絕對不可以模仿。」

我在說這句話時，QP妹妹突然衝到前面，大聲喊著：

「氣球叔————叔！」

蜜朗看著她，繼續說了下去。

「每次看到像今天一樣的藍天，我就會情不自禁想起氣球叔叔。雖然他應該早就死了，但每次想像氣球叔叔還在這片藍天的某個地方，就覺得很開心。」

「我好像能夠理解。」

我對蜜朗說。

「這個世界並不是所有的東西都可以看到，就在這一刻，上代和美雪也在我們周圍。早晨起床後，向她們道早安，像剛才一樣，看到美麗的風景時，也會對她們說，眞漂亮啊。我最近強烈體會到，只要我還活著，死去的人就可以一直活在我心中。這不是在說漂亮話，而是具體感受到她們和我共存。」

我爲自己無法解釋清楚感到焦急，但的確是這樣。無論上代還是美雪，在這個瞬間也和我們共存，用柔軟透明，好像巨大的膜一樣的東西，靜靜地、溫柔地守護還不夠成熟穩當的我們。我切身感受到這一點。

我們走向鎌倉宮的方向時，芭芭拉夫人迎面走來。她盛裝打扮，戴了一頂好像巧克力蛋糕的帽子。

「要去約會嗎？」

腰。

芭芭拉夫人聽到我這麼問，「呵呵呵」地笑了起來。歐巴桑無聊地在家門口伸懶

除夕那天，煮了奶油燉菜守歲。雖然原本打算煮更像樣一點的大餐，但QP妹妹強烈要求我做這道菜。

我用奶油炒小麥粉，然後慢慢加入牛奶稀釋，做成奶油醬，再加入馬鈴薯、胡蘿蔔、洋蔥和香菇，還有鳥一的雞肉，最後學上代的方式，加了點白味噌提味。

但只吃奶油燉菜未免太寒酸，蜜朗炸了牡蠣。我和蜜朗喝著燙過的酒，用炸牡蠣當下酒菜。

我絕對是醬油派，但蜜朗在炸牡蠣上淋了沾醬。在此之前，我從來沒想過炸牡蠣竟然可以搭配沾醬。

「炸牡蠣要配醬油才對吧？」

我向蜜朗提出異議，但他堅持要配沾醬吃。他老家又寄來大量香橙，我除了沾醬油以外，還淋上香橙汁一起吃。

因爲太冷了，吃到一半，我們就轉移陣地去電暖桌。

「坐在電暖桌旁喝熱酒，感覺像老夫老妻。」

我故意開玩笑說，但等了一會兒，仍然沒有聽到蜜朗回答。我納悶地探頭看他的

臉，發現他用手背拚命揉著眼睛。

「你哭了嗎？」

我忍不住驚訝地問。蜜朗的臉漲得通紅。他的酒量不好，也許喝醉了，所以特別愛流淚。

「因爲，」蜜朗說話時用力擦拭著眼角，但淚水仍然不停地流，「因爲我做夢也沒有想到，自己的人生還會有這樣的日子……」

他說完這句話，整個人趴在暖爐桌的桌上。

「爸爸還好嗎？」

QP妹妹不安地問。

「爸爸是因爲高興才流淚。」

我說完這句話，也跟著哭了起來。

白飯和奶油燉菜都冒著熱氣，看著看著，視野就搖晃起來。這樣的時光一點一點累積，我們漸漸成爲守景家。

「老闆，炸牡蠣還沒吃完哪！要趕快趁熱吃。」

我半開玩笑地對著仍然趴在桌上的蜜朗說，蜜朗終於抬起頭，用哭腫的臉說：

「來來來，老闆娘也再喝一杯。」

說完，他往我的小酒杯裡倒酒。蜜朗倒得很滿，小酒杯快溢出來了。

看向時鐘，發現還不到八點。不知道是不是因爲外面一片漆黑，而且很安靜的關係，感覺已經是深夜了。

「如果明天是好天氣，就去由比若宮新年參拜，回家時，直接去汲水驅邪。」

「好！」

蜜朗和QP妹妹好像合唱般異口同聲地說。

酒盅已經空了，我起身再去熱一盅酒。把蜜朗的爸爸寄來的醉鯨純米大吟釀倒進燙酒壺，放進茶壺內沸騰的水中。

我可能也有點醉了。

閉上眼睛，看到無數星星。

蜂斗菜味噌

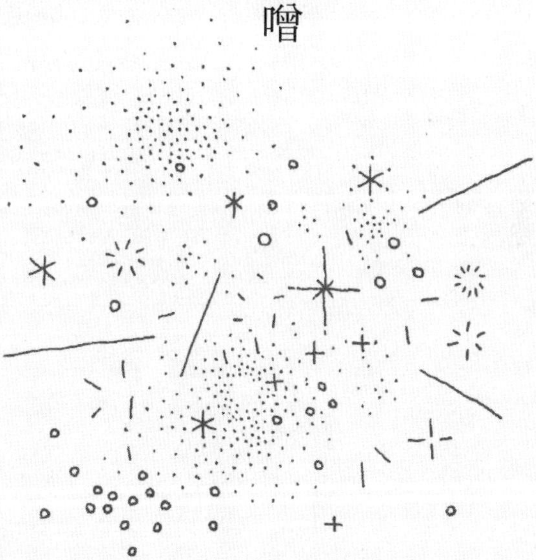

大年初一，就聽到家裡的門鈴響了。

我慌忙衝去玄關，打開門鎖。

「新年快樂。」

雖然我不知道來者是誰，但一定是客人。我帶著恭敬的心情打開拉門。年終大掃除時，蜜朗在門檻噴了潤滑油，難以想像之前開門時要卡好幾次，現在一下子就打開了。

眼前的景象讓我啞口無言。

「妳怎麼會在這裡……？」

幾秒鐘後，我才終於擠出聲音。

眼前的女人就像在山中徒步修行的修行僧山伏一樣，脖子上掛滿了叮鈴噹啷的首飾，好像把全部家當都掛在脖子上。頭髮染成螢光色，穿著花俏的迷你裙，踩著高跟鞋，裹著兩腿的竟然是網襪。

女神巴巴說：

「我爲什麼不能回老家？」

當她走過來時，飄散出一股過時的香水臭味。

「什麼老家？妳不是拋棄我離家出走了嗎？開什麼玩笑，請妳馬上離開，這裡已經不是妳的老家了。」

「聽說妳結婚了。」

女神巴巴用下巴指著嶄新的「守景」門牌，在皮包裡摸索著。好不容易拿出了香菸，正打算用打火機點菸時，我對她說：

「這裡禁菸，不能抽菸。」

「妳眞囉嗦。」

女神巴巴嘟噥著，只抽了一口，就把菸丟在地上，用高跟鞋的鞋尖捺熄了菸。

「妳來幹什麼？趕快走吧。」我說。

「壓歲錢。」女神巴巴伸出右手，「給我壓歲錢。」

「啊？妳一把年紀的成年人，還要壓歲錢？我怎麼可能給妳？更何況全天下哪有母親向女兒要壓歲錢的？妳鬧夠了沒有？總之，請妳趕快離開，不要再靠近這裡一步。如果妳敢動我家人一根手指頭，我絕對不會放過妳。」

我說話時完全是太妹的語氣。女神巴巴和前109辣妹的對決場面，眞讓人想笑也笑不出來。

這時，聽到家裡傳來「鳩子」的叫聲，我立刻醒了過來。

「妳還好吧？」

蜜朗一臉擔心地探頭看著我。

「我做了一個可怕的夢。」

我對他說。

我的心臟仍然劇烈跳動。我沒有向蜜朗提過女神巴巴的事，所以不能告訴他做了什麼夢。

「我可以去你那裡睡嗎？」

蜜朗聽到我這麼問，掀起了他的被子。

我立刻鑽進蜜朗的被子，我們兩個人的身體好像一顆蠶豆一樣貼在一起。我們三個人新春試筆寫的字貼在門楣上。

「ㄣㄣㄞˋㄞˋ」「全家平安」「笑」。

我們三個人寫的字都很有感情。今年，我想在宣紙上寫滿滿的大字，所以選了「笑」這個字，QP妹妹寫了「恩恩愛愛」，「全家平安」是蜜朗的傑作。

不知道是否因爲被蜜朗的溫暖包圍而感到安心，即使閉上眼睛，女神巴巴也沒有再出現，但想到這是我新年的第一個夢，就忍不住感到沮喪。也許是因爲她很久沒出現，我太大意了。

在慶幸這只是夢的同時，也對於女神巴巴以這種方式在我內心扎根感到害怕。既然會出現在夢中，就代表她也在我無意識的世界耀武揚威。想到她某一天可能像這樣突然出現在家門口，就感到反胃。

我只是因爲女神巴巴的夢太可怕，所以才鑽進蜜朗的被子，但蜜朗似乎擴大解釋爲我向他「求歡」。

蜜朗的愛撫很癢，我快要笑出來了。和蜜朗做那件事時，我總覺得好像在扮家家酒給醫生看病。

但蜜朗很認眞地挑逗我的身體，之後，我也被蜜朗的認眞打動。這種時候，我總是很擔心睡在隔壁房間的QP妹妹，或是住在隔壁的芭芭拉夫人會發現。

雖然讓蜜朗摸遍我全身很害羞，但全世界只有蜜朗一個人可以這麼做。

新年剛過不久，就發生了許多事。

一月六日下午，今年也出門去摘七草的男爵爲我送上門。

芹菜、薺菜、鼠田草、鵝腸草、寶蓋草、蕪菁、白蘿蔔。

有些草的根部還沾著泥巴。

男爵完全變成和藹慈祥的老人。胖蒂在去年順利生下了兒子。雖然看起來就像是男爵的孫子，但他完全不以爲意，偶爾推著嬰兒車走在路上。如果胖蒂回去工作之後，男爵要在家帶孩子嗎？

他每次都來去匆忙，我以爲他今天也馬上要回家，沒想到他遲遲不走。

「要喝茶嗎？」

我戰戰兢兢地問，他露出驚訝的表情，心不在焉地「喔」了一聲，好像現在才發現我在這裡。今年新年期間請客人喝的不是甘酒，而是年終時收到的梅子昆布茶。

我在泡茶時，男爵打量著店裡的文具，不時拿起來看一下。

「這個吃下去眞的沒問題嗎？」

當我拿起暖爐上的茶壺倒熱水時，男爵把玩著蠟筆問我。

「主要成分是蜜臘，所以吃下去也沒問題。我也實際試吃了，沒有問題。」

因爲蜜臘和蜜朗的發音相同，所以說「蜜臘」這兩個字時，忍不住想起丈夫的臉。昨天之前，蜜朗和QP妹妹都在店裡幫忙。

「請喝梅子昆布茶。」

因爲是新年，所以我把茶杯放在漆器茶托上遞給男爵。茶托表面點綴了金粉。

因爲我用的是小茶杯，所以梅子昆布茶兩、三口就喝完了。但男爵喝完之後，仍然沒有起身離開。他難得眼神飄忽地東張西望。

雖然我覺得他今天的態度和平時很不一樣，但我擅自解釋爲孩子出生之後，他的個性也變得圓融。沒想到我猜錯了。

「要不要再喝一杯梅子昆布茶？」我問。

「不，其實我有一件事想拜託妳。我想拜託妳再幫我寫一封信。」

他說話的態度突然變得很客套。

「你要不要坐下說？」

我請男爵坐在圓椅子上，他坐了下來。我正打算爲他倒第二杯梅子昆布茶，他制止了我，說想喝白開水。我也在自己的馬克杯裡倒了白開水。因爲不是我自己買的，所以不能抱怨，但喝梅子昆布茶反而口渴。雖然比較耗工夫，但明年還是甘酒比較理想。

我仔細思考著這個問題，男爵突然開了口。

「我得了癌症。」

「啊？誰啊？」

我脫口問了蠢問題。

「當然是我啊。」

「胖蒂，不，你太太知道嗎？」

男爵得了癌症當然很可憐，但我想到剛生孩子的胖蒂，心都快碎了。

「怎麼可能開得了口？」

男爵在桌上托著腮，露出好像從海岬凝望大海的眼神。

「除了醫生以外，只有妳知我知。」

我的雙手突然被塞了一顆沉重的球。

「你打算一直隱瞞嗎？」

隔了一會兒，我問男爵。男爵看起來氣色很好，身材也和之前沒什麼不同，所以完全看不出他得了癌症。我希望他在和我開玩笑，但發現他並沒有。

「雖然不知道到最後一刻，到底瞞得了多少，但我會盡力而爲。那個醫生我認識很久了，所以可以通融。只要妳不說出去就萬事順利了。」

「萬事順利……」

但是，我並不是無法了解男爵的心情。他是爲胖蒂和兒子著想。

「我在人生的最後得到了驚喜，再婚後還生了兒子，所以我心滿意足了。但是，他們的人生才剛開始，不是嗎？」

男爵說到這裡，第一次紅了眼眶。

「我希望在我死後，妳把信交給她。」

男爵說完，向我鞠了一躬，但我當然不能接受這樣的委託。

「這麼重要的信，請你自己寫！」

我忍不住大聲說道。

「即使我想寫，也沒辦法寫啊。」

男爵把手伸到我面前。他的手微微顫抖。

「你的手怎麼了？」

「手會發麻，失去知覺，雖然我一直隱瞞不說，但已經到極限了。這是報應啊。」

男爵滿不在乎地說。

「年輕時，我給很多人添了麻煩，也造成了很多人的不幸。」

男爵試圖拿起桌上的鉛筆，卻無法順利拿起。這意味著他的情況持續惡化嗎？我記得兩年前一起去鶴屋吃鰻魚飯時，他拿筷子的時候很正常。還是說只是我沒發現而已？但是，他這次無法在事成之後再支付報酬了。因爲當我把信交給胖蒂時，男爵已經不在人世了。

「千萬不要寫得很小家子氣。」

男爵恢復了一如往常的強勢語氣。

「另外，那個要不要繼續完成？」

「哪個？」

「就是七福神巡禮啊。當初是因爲那個，我才會和我老婆結合，所以我想完成。因爲上次只走到一半，不會耿耿於懷嗎？」

聽到男爵的嘴裡說出「結合」這種表達方式，我覺得很害羞，差一點臉紅。但搞不好這種男人出乎意料地很浪漫。

「是啊，那就繼續完成七福神巡禮。」

那天，我們從北鎌倉出發，參拜了淨智寺的布袋神、寶戒寺的毘沙門天神，和鶴岡八幡宮的弁天神，但因爲天氣預報不準，中途下起了雨，所以只好臨時結束。

之後，男爵和胖蒂一起去了稻村崎溫泉。胖蒂曾經告訴我，他們就是在那一次陷入熱戀。

「我的壽命差不多就是這樣，而且我覺得自己算長壽了。」

的確沒錯。

「但是，對他們母子來說，人生才正式開始。」

因爲男爵說話時沒有悲壯的感覺，所以我也能夠保持平靜。如果在兩年前遇到同樣的事，我一定會六神無主，搞不好會又哭又叫。當然，如果聚焦在男爵即將離開人世這件事上，的確很難過。畢竟男爵曾經爲我換過尿布，只要想像一下，眼淚就快流出來了。但是，如果用更長遠的角度淡然注視這個世界，就覺得不需要太大驚小怪。因爲人終將離開。

我想起去年六月，一臉猙獰地走進山茶花文具店的葉子女士。當時，葉子女士內心充滿了對突然死去的丈夫的憤怒，想悲傷，卻無法順利感受悲傷；想哭卻哭不出來，因此深陷痛苦。不知道她之後怎麼樣，不知道像冰塊一樣塞在胸口的悲傷是否已經溶化。

送走男爵後，我仍然坐在那裡發呆。昨天之前都很熱鬧，今天是安靜的一天。

我關上店門，把男爵帶來的七草浸在水裡。

然後開始準備晚餐。

今天晚餐要吃鍋燒烏龍麵，用魚漿雞蛋捲、魚板、鴨兒芹、香菇和昆布捲這些年菜剩下的食材，和烏龍麵放進砂鍋內同煮。這是守景家祖傳的料理，對蜜朗來說，那是媽媽的味道。

新年期間打電話拜年時，我向蜜朗的媽媽打聽了食譜。掛上電話不久，她就把詳細的食譜用傳眞傳了過來。我此刻正對照著那張長長的傳眞紙，做鍋燒烏龍麵的準備。

不知道男爵家裡吃什麼。之前聽胖蒂說，男爵的廚藝很好，也許男爵此刻正在廚房大顯身手。雖然我很擔心他的手失去知覺這件事，但也許下廚做菜可以轉換心情，讓他暫時忘記痛苦。

打開鍋蓋，發現雞蛋剛好熟了。

「做好了，趁熱吃吧。」

我大聲叫他們父女。蜜朗戴著眼鏡，正在專心看報紙，ＱＰ妹妹正在用去年聖誕節禮物的絨毛娃娃扮家家酒。ＱＰ妹妹繼七夕之後，又向聖誕老公公許願說「想要弟弟或妹妹」，但我們無法把這個禮物放在她的枕邊。

我用隔熱手套握住砂鍋的兩端，小心翼翼端去電暖桌以免跌倒。因爲餘熱的關係，砂鍋裡的食物仍持續沸騰。

和蜜朗結婚後，我愛上了烏龍麵。尤其是這種日子，非吃烏龍麵不可。烏龍麵就像是充滿慈愛的媽媽，溫柔地讓身心完全放鬆。

守景家傳統的年菜剩菜鍋燒烏龍麵，湯汁的滋味濃醇飽滿。就像各個民族的大熔爐一樣，各種具有豐富個性的食材在砂鍋內齊心協力，相互謙讓、互補，打造出一個世界。每喝一口，內心就漸漸放鬆。

「明天早上要剪指甲。」

我對QP妹妹說。她把不喜歡吃的蔥留在碗裡，從剛才就在玩筷子。

「爲什麼？」

「因爲用浸過七草的水洗一下手之後再剪指甲，這一年就可以健健康康。」

「眞的嗎？」

「眞的啊。」

去年我覺得沒必要，所以沒有進行這個儀式，結果沒多久就感冒了。我當然知道這兩件事沒有直接的因果關係，說起來只是一種迷信，但完成這個儀式之後，就更加壯了膽。告訴潛意識，自己不會感冒，身體也許就會阻止感冒病毒進入。感冒的時候，我強烈感受到這一點，所以決定今年吃七草粥的早晨一定要剪指甲。

「我吃飽了！」

QP妹妹站了起來，把煮軟的蔥留在碗裡，然後立刻拿著裝了橘子的籃子走了回來。

上代經常爲我剝橘子。不光是外側的皮，連每一瓣上的薄皮也都剝乾淨後才給我吃。在和QP妹妹一起生活之前，我完全忘了這件事，同住之後，才又回想起來。和QP妹妹共同生活後，會漸漸回想起對我而言的那段空白日子，也第一次能夠站在上代的立場，看到某些風景。

「妳幫女兒剝得這麼乾淨，卻不幫我剝。」

蜜朗吃完鍋燒烏龍麵後，我把一顆橘子直接放在他面前，他有點不高興。

「那當然啊，因爲你會自己剝。不過，等你變成老爺爺，呑不下去時，我就會幫你把薄皮剝掉。」

這是我的眞心話。

我相信蜜朗一定會成爲一個可愛的老爺爺。

鎌倉的天空飄舞著小雪的午後，我在信箱裡發現了一封航空信。在農曆二月三日的書信供養之前，山茶花文具店今年也收到了從全國各地寄來的書信。如果不每天收信，小小的信箱很快就塞滿了。

該不會是……？打開一看，果然是義大利的靜子女士寄來的。

靜子女士把上代和她通的信交還到我手上，很久之前，我就透過她的兒子紐羅向她道謝。去年年底寄賀年卡給她時，我附了一句：「不知道妳願不願意再和我當筆友？」

靜子女士在信封上寫著「山茶花文具店　守景鳩子女士啓」。

靜子女士是上代的筆友，總覺得好像曾經和她見過好幾次面了。但事實上我從來沒見過她，也沒有聽過她的聲音，甚至是第一次看到她親筆寫的字。

根據紐羅的年紀推算，靜子女士的年紀可能將近五十七、八歲，或是六十幾歲，但她的字跡看起來很年輕。那是長年居住國外的人寫的字，筆跡透露出耀眼的稚氣。

Buongiorno!
媛子，很高興認識妳！我是靜子。
我和妳的阿嬤通信多年，
妳年紀還很小的時候，我就已經認識妳了，
所以我總覺得妳就像是遠房親戚家的小女孩。
得知妳結婚了，恭喜妳！
我相信妳阿嬤在天堂也會為妳感到高興。
因為她在信中總是寫妳的事，
得知那些信協助妳修復了和點心子之間的關係，
我也感到很高興。

妳在煩惱是否該將那些信寄還給我，其實沒這個必要。
那些信對我來說，的確是寶貴的人生紀錄，
所以，在讓兒子交還給妳之前，我都影印了一份。
謝謝妳的貼心，但正本（？）就交由妳保管，
我相信這也是點心子的希望。
和點心子通信期間，我住在米蘭，
目前我丈夫已經退休，
所以我們搬到義大利北部山村的小村莊生活。

我的女兒和兒子都已經結婚，
家裡只有我和丈夫兩個人。
我的大女兒很快就要生孩子了，所以我也要當阿嬤了！
和點心子通信期間，真的向她傾訴了許多煩惱。
不可思議的是，即使無法和丈夫、親生母親談論的事，
卻可以向點心子傾訴。
無論說多少感謝的話，也無法表達我對點心子的感謝

收到她最後一封信之後，
我每天都帶著祈禱的心情去看信箱，
每一天都期盼可以收到她的信，
但是，最後還是沒有收到。
點心子說也許是最後的那封信，真的成為她最後一封信
回想起當時的傷心難過，至今仍然會流下眼淚。

點心子是我交心的朋友。
沒想到這次又以意想不到的方式，
和點心子悉心照顧長大的外孫女成為筆友，
真是天大的fortuna！
到了我這個年紀，經常會感嘆世態炎涼，
沒想到在這樣的年代，還會發生這麼美好的事。
我在櫃子裡找了一下，發現還有航空信封。

那是以前和點心子通信時，經常使用的信封。
鳩子，希望妳也可以把我當成是親戚的阿姨，
放鬆心情，想寫什麼就寫什麼。
我們分別在義大利和日本，為我們成為筆友乾杯。
In bocca al lupo!

Shizuko（靜子）

（In bocca al lupo! 是我很喜歡的一句話，
bocca是嘴巴，lupo是狼的意思，
所以直譯的意思是
「（幸運）在狼的嘴巴裡」。我衷心祈禱妳幸福美滿!）

我曾經和QP妹妹當過一陣子筆友，如今生活在同一個屋簷下，這個習慣也就逐漸荒廢了，所以結交到新筆友這件事，讓我開心得想要跳起來。

回到店裡，立刻用拆信刀拆開了信封。

打開信的瞬間，立刻飄出義大利的空氣。

我覺得上代送了我一份大禮。相信世界上有聖誕老人的孩子，在枕邊發現禮物時，也許就像我此刻的心情。雖然上代從來沒有送過我聖誕禮物，但這絕對是跨越時空的聖誕禮物。上代太厲害了，竟然用這種方式，把我和靜子女士牽在一起。

雖然很想馬上回信，但我決定忍耐一下，等心情平靜之後再說。

當我不經意地抬起頭，發現地面開始積了一層薄薄的雪。鮮紅色的山茶花也披上了一層白衣，看起來就像聖誕老人。

我覺得自己可以和靜子女士討論女神巴巴的事。不知道有朝一日，我是否會認爲靜子女士是我交心的朋友？她是否也會把我視爲交心的朋友？

對了，昨天芭芭拉夫人送來了安納芋，今天來烤地瓜當作QP妹妹的點心。

在烤箱內烤軟之後，加一點奶油在上面溶化後再吃。

QP妹妹就快餓著肚子放學回家了。

「我想舉辦試吃會，可不可以請妳星期天中午來我店裡？我想多聽聽其他人的意見，所以除了芭芭拉夫人以外，請妳再幫我邀其他人參加。」

幾天後，我在洗晚餐的碗時，蜜朗一反常態地露出嚴肅的表情對我說。這一陣子，他都忙著爲新店開張做準備。

因爲他獨自張羅新店的相關作業，所以從早晨到傍晚，幾乎一整天都耗在店裡。內部裝潢也盡可能自己動手，只有必須由專業搞定的部分，才委託業者處理，聽說一切都很順利，只是遲遲沒有決定餐點，蜜朗爲此傷透了腦筋。

「你做出咖哩了嗎？」

他之前就決定要靠咖哩決一勝負。

「現在還不能說，總之，請你們星期天來試吃。」

蜜朗似乎很緊張，他難得皺起了眉頭。

「不需要我幫忙嗎？」

我這麼問他。他說不需要幫忙，只要我找到參加試吃會的成員就好。也許對他來說，試吃會是人生中最大的戰役，連我都跟著緊張得繃緊了全身。

蜜朗一個人默默打造的店感覺很不錯。雖然沒什麼特別講究的東西，但整家店清潔整齊，感覺很舒服，散發著淡淡的溫暖。而且廚房有窗戶，窗戶外的風景很棒。整家店完全感受不到外行人自己動手打造的稚拙，廁所有最新型的免治馬桶，感覺很舒適。除了吧檯的五個座位，還有兩張餐桌，空間大小適中，蜜朗一個人也可以招呼店裡所有的客人。雖然店面不大，但動線很流暢，蜜朗在店裡走來走去，也不會妨礙到客人。

「變成一家很棒的店呢。」

「幸虧妳當時推了我一把，選這裡眞是選對了。」

我和QP妹妹提前到達，其他人還沒來。蜜朗把毛巾綁在頭上，腰上繫著麻質圍裙，看起來有模有樣。

芭芭拉夫人盛裝出席試吃會，她戴了一頂有緞帶的可愛貝雷帽。男爵帶了一位據說是他中學同學的朋友同行。雖然我在邀請男爵之前一度猶豫，但在我認識的人中，男爵對美食最了解，而且既然是試吃會，邀請能夠直言不諱表達意見的人，對蜜朗才有幫助。這麼一想，才終於下定決心。男爵帶來的朋友，渾身也散發出吃遍大江南北的老饕氛圍。

參加試吃會的五個人都在吧檯前坐定，蜜朗立刻動手準備。我們完全不知道他會端出什麼咖哩。

蜜朗在加熱咖哩醬的同時，在一旁開鍋油炸。他正在專心炸竹筴魚，響起劈叭劈叭的熱鬧油爆聲。他打開窗戶排除油煙味，一輛人力車剛好經過，上面坐了一對穿著豔麗和服的男女。

等待料理上桌時，我在杯子裡倒了水，放在大家面前。竹筴魚炸成漂亮的金黃色，緊張在不知不覺中變成了期待。不知道誰的肚子發出了咕嚕咕嚕的叫聲。剛煮好的米飯飄出的香氣幾乎令人暈眩，我忍不住吞著口水。

QP妹妹露出嚴肅的眼神凝視著蜜朗的一舉手、一投足，她握著湯匙，好像隨時準備衝出去。

雖然眾人屏息等待，但蜜朗絲毫沒有著急慌張，淡然維持自己的工作節奏，他的身影令人感到是個可以依賴的男人。

「讓各位久等了。」

蜜朗把餐盤送到每個人面前。

「這是炸竹筴魚咖哩，請各位趁熱試吃一下。」

QP妹妹面前也放了一盤幾乎和大人份量相同的炸竹筴魚咖哩。

「啊，等不及了，我要開始吃了。」

芭芭拉夫人一聲令下，其他人也都開始吃咖哩。

但是，我還是無法把湯匙插進咖哩。這盤冒著熱氣的咖哩宛如絕佳的景色，深深打動了我，我不忍心破壞那個世界。雖然前一刻垂涎欲滴，現在卻無法開始吃這盤咖哩。

因爲這盤咖哩凝聚了蜜朗的喜怒哀樂。

他認識了美雪，他們約會來到鎌倉，談論著希望以後可以在鎌倉開咖啡店的夢想。然後在其他地方生了QP妹妹，在美雪遇到那起事件後，蜜朗悲傷欲絕，但他仍然努力振作，帶著QP妹妹來到鎌倉。只是生意一直不順利。他咬緊牙關嘗試了一次又一次，終於做出眼前這盤咖哩。我也在中途加入了蜜朗的人生。

想到他一路走來，絕對稱不上平坦的路，就覺得眼前這盤咖哩中有太多故事，令我無法拿起湯匙。

我很想就這樣一直看著這盤咖哩。

「小鳩，妳怎麼了？不趕快吃就冷掉了。」

蜜朗走到我面前，小聲問我。

「這是試吃會，如果妳不吃，我會很傷腦筋。」

蜜朗這句話打醒了我。我推開陷入感傷的自己，回到現實吃了起來。沒錯，今天來這裡是參加試吃會。

這盤咖哩很有蜜朗的特色。口感清爽，純淨而美麗，但並非只有清淡而已，仔細品嘗，可以感受到紮實的辛香料味道。雖然帶著各種不同的感情，卻不會受到這些感情的影響，穩穩地立足大地。那正是蜜朗的寫照。

「受到這種待遇，竹筴魚也可以升天了。」

男爵的老同學最先表達了感想。

「以前去滑雪時，中午經常吃豬排咖哩。這盤咖哩讓我想起這件事，有一種懷念的感覺。但現在這個年紀吃豬排，到了隔天還無法消化，所以炸竹筴魚剛剛好。」

男爵表達了意見，他盤子裡的咖哩幾乎已經吃光了。

「咖哩和炸竹筴魚眞是太搭了。」

芭芭拉夫人好像自言自語般小聲說道。因爲並不會很辣，所以QP妹妹也默默大口吃著。

「我希望大家可以提出一點哪裡可以改進的意見。」

大家都紛紛表示稱讚，所以蜜朗這麼說，希望聽到不同意見。

「這種咖哩的話，福神醬菜可能比蕎頭更搭。」男爵說。

「米飯或許可以煮得稍微硬一點。」

我也贊成芭芭拉夫人的意見。

蜜朗把大家的意見全都記了下來。

「這道咖哩最好可以取一個名字，類似什麼什麼咖哩，最好是誰都能記住的名字。」

男爵的老同學說。

「像是鎌倉義大利麵、鎌倉襯衫、鎌倉卡士達蛋糕，鎌倉這個名字已經用爛了，取鎌倉咖哩這種名字，完全沒有新意。」

男爵嘀咕道。

「而且好像已經有別人取了鎌倉咖哩這個名字。」

蜜朗也小聲地說。

「湘南咖哩呢？」

「也可以根據地名，命名爲二階堂咖哩？」

蜜朗也把大家的討論都詳細記了下來。

我覺得二階堂咖哩這個名字很不錯，但當場並沒有表達意見。

所有人都吃完咖哩後，蜜朗爲大家送上了印度奶茶。

「啊，好喝。」

喝完一口，忍不住驚嘆。蜜朗的印度奶茶並不甜，他對我們說，如果覺得不夠甜，可以加蜂蜜，但細細品嘗後感受到淡淡的甜味，令我渾身舒暢。

「通常都是用紅茶煮印度奶茶，但因爲這裡是做夜間的生意，客人在這裡吃完之後，就要回家睡覺了，我覺得不要有咖啡因比較好，所以使用了南非國寶茶。南非國寶茶不含咖啡因，但你們會不會覺得味道太淡？」

蜜朗擔心地看著大家。

「不會不會，這種清爽的口感是最適合晚上喝的奶茶。」

芭芭拉夫人最先表示肯定。

「這種茶感覺可以消除宿醉。」

男爵說。

「咖哩本身就是藥膳，南非國寶茶中也加了幫助睡眠的辛香料。」

「難怪我有點想睡覺了。」

男爵的老同學可能愛吃甜食，所以加了很多蜂蜜。

大家都完全忘記今天是來參加試吃會，好像是客人來這家店享受美食。

送走留下來聊天的芭芭拉夫人後，店裡再度只剩下我、蜜朗和QP妹妹三個人。我想幫忙一起收拾，但蜜朗堅持說，這是他的工作。

「剛才的咖哩到底怎麼樣？妳不用捧我，我想聽眞實的意見。」

蜜朗目不轉睛地看著我的眼睛。

「那我就實話實說囉。」

蜜朗聽到我這麼說，立刻露出緊張的表情。

「眞的很好吃，這不是吹捧，而是眞的、眞的很好吃。

「入口的時候，感覺好像有一陣微風吹來。我相信客人也一定會很喜歡。大家下班回家時都累得精疲力竭，但想到來這裡可以吃到好吃的咖哩，就會打起精神。

「而且，疲累的時候不是會想吃油炸的食物嗎？但又不想吃太撐，我覺得剛才的咖哩同時滿足了這兩種需求。每天吃可能會膩，但每個星期絕對想要吃一次。如果明天還是吃這個，我也會吃得很高興。而且，竹筴魚也很讚，這一帶的竹筴魚是全日本最鮮美的，你也炸得很好。」

蜜朗聽我說話時，用力抿著嘴唇。

「但是，你怎麼會想到竹筴魚和咖哩的搭配？」

我問了一直好奇的問題。

「只是偶然的巧合。在搬去和妳一起住之前，我去熟食店買了炸竹筴魚，但總覺得好像少了點什麼，一看鍋子，還剩下已經沒料的咖哩醬。於是我就加水稀釋後加熱，和炸竹筴魚一起放在飯上吃，沒想到很好吃。只不過當時的咖哩是市售的咖哩醬，所以我自己研發了適合炸竹筴魚的咖哩醬。」

「我完全不知道你在偷偷研發。」

「因爲不能一直靠妳養家，我可是卯足了全力，避免自己成爲吃軟飯的男人。」

走出店外，不知道哪裡飄來熟悉的香味。

我和QP妹妹走去荏柄天神看梅花。爬上很陡的階梯，在寺院內尋找梅樹。寒紅梅開著一朵朵深粉紅色的梅花。我們投了香油錢，合掌祭拜學問的神明。

這家神社每年一月二十五日舉行筆供養的儀式，焚燒舊的毛筆和鉛筆進行供養。也許上代也是受到筆供養的啓發，想到了書信供養這個主意。

「QP妹妹，今年的筆供養時，妳把已經變短的鉛筆也一起帶來。」

遙遠的以前，我和上代之間也曾經有過這樣的對話嗎？

站在階梯上看到的風景比平時更平靜。春天正一步一步從南方靠近。

「有人在嗎？」

夾著雪的雨中，一個身穿和服的女人出現在山茶花文具店。她動作優雅地收起了和傘，俐落走進店內。這是第一次上門的客人。

因爲才剛打開店門沒多久，暖爐上煮的水還沒有燒開。她似乎是來委託代筆的。

「請坐。」

女人脫下了和服大衣，我請她坐在圓椅子上。茶壺裡有我剛泡的京番茶，我倒在耐熱玻璃杯中遞給她。

「啊，眞懷念啊。」

她露出好像在陽光下打盹的貓一樣的表情，雙手輕輕捧著杯子，吸著京番茶的熱氣。她皮膚白皙，一雙明亮的單眼皮眼睛令人印象深刻，前額的髮際是被視爲美女特徵的富士山形狀。不管是一身合宜的優雅和服，還是走路曼妙性感的樣子，無論怎麼看，都顯示她不是等閒人物。這時，富士額女士突然對我說：

「我到現在都完全沒碰過男人。」

事態的發展太突然，我不知道該說什麼，眼神飄忽起來。所以說，富士額女士是……我在腦袋中想像著，她自顧自地說了下去。

「因爲康成哥是我的情人，但之後就沒有遇過比康成哥更讓我心動的男人。」

富士額女士有點口齒不清，好像嘴裡含了什麼甜食。

「康成哥……嗎？」

我心想，該不會是那個康成？但又擔心自己誤會，所以向她確認。富士額女士的聲音提高八度，興奮地說：

「就是川端康成老師啊。雖然妳還年輕，但應該也看過一、兩本他的作品吧？」

「喔，是，是啊。」

我不置可否地回答。

「每次想到康成哥，胸口就會這樣揪緊，但是該怎麼說，身體深處隨即會滲出甜美的汁液。我深信除了我以外，沒有人能夠帶給康成哥幸福。」

我記得川端康成最後是在逗子海邊的某間公寓，含著瓦斯管自殺身亡。因為是在我出生很久以前的事，所以對他的了解僅止於此。聽說他長期在鎌倉寫作，也曾經在這一帶住過。晚年住在長谷的甘繩神明神社旁，也曾去過鶴屋。搞不好之前上代說，在魚店挑選魚時眼神很可怕的那個人就是川端康成。

「請問妳一直住在鎌倉嗎？」

我問。

「不，我是在關西出生、長大的。」

富士額女士捲起語尾，優雅地回答。她完全融入這裡的空氣，我以為她是鎌倉人。

她年幼時父母相繼辭世，她被送養，由養父母養育長大。當時陪伴她的孤獨，理解她處境的就是康成哥。

「說起來可能有點像修女，修女不是把身心奉獻給耶穌，既不戀愛，也不結婚嗎？對我來說，川端大師就是神，所以我決定把自己的人生奉獻給大師，沒想到，他竟然用那種方式離開人世……

「我之前一直在滋賀當公務員，因爲我必須賺錢，必須獨立自主。年輕時，也曾經有人爲我安排了幾次相親，但沒有遇到比康成哥更有魅力的男人。」

富士額女士說到這裡停頓了一下，閉上眼睛，一臉陶醉地喝著京番茶。

「也許妳會笑我是個分不清夢境和現實，腦筋有問題的老太婆，但我眞的很愛康成哥，發自內心愛他。這份愛至今仍然不渝。」

仔細觀察後，發現富士額女士的臉上有好幾道小細紋。我覺得那是她人生的勳章。堅持走自己決定的人生，就無法責怪他人，所以更需要勇氣。我回顧著自己的１０９辣妹時代，忍不住這麼想。即使被人嘲笑，即使遭人指指點點，仍然貫徹初衷，需要堅定不移的決心。

富士額女士靜靜說了下去。

「我在公家單位退休後，就下定決心搬來鎌倉。我在公務員時代完全不打扮，一直都很節儉，所以存了不少錢。現在可以住在康成哥曾經生活的地方，欣賞他曾經看過的風景，感受季節的變化，眞的很幸福。

「雖然時間有點早，但我從上個月開始，搬進了養老院。我的身體沒有任何問題，也可以自由活動，只不過我無依無靠，萬一有什麼三長兩短，也不會給別人添麻煩。

「但是一個人還是很孤單，尤其是到了這個年紀。我在這裡有幾個可以一起喝咖啡的朋友，但我今天來這裡，是希望至少每個月可以收到一封康成哥寫給我的情書。」

富士額女士說到這裡，看著我露出微笑。

起初我的確有點緊張，以爲遇到了精神錯亂的人，但聽了她的故事之後，對她的心情產生了共鳴。

富士額女士打開皮包的扣環，從裡面拿出一張便條紙。上面寫著她目前居住在茅崎的養老院地址和她的名字。

「只要一張明信片就夠了。如果能夠在人生的最後做一次甜美的夢，我就能夠接受自己的人生，覺得自己沒有做錯，可以用這雙手擁抱人生的一切。」

既然富士額女士這麼說，代表她對這樣的人生抱著懷疑。也許她覺得自己可以有不同的人生。回頭看自己走過的路時，發現一片漆黑，不由得渾身發毛。我也曾經有過類似的經驗。

富士額女士離開山茶花文具店後，雨和雪都停了，天空是一片像褪了色的黃色金絲雀的顏色。富士額女士嬌小的背影似乎在說，並不是每個人都可以選擇滿意的人生。

她穿著雨雪天穿的雪靴。我目送她離開，發現她的和服下襬掀了起來，看起來格外妖媚，彷彿表達了她的氣魄。

我去鎌倉文學館看了川端康成的親筆手稿，又繞去甘繩神明神社。天氣冷得連內臟都好像快結冰了，好不容易爬上了陡峭的石階，然後去神殿參拜。據說這裡是鎌倉歷史最悠久的神社。

我在階梯旁找到了櫻花樹。這棵櫻花樹叫玉繩櫻，這麼冷的天氣，紅色花蕾含苞待放的樣子惹人憐愛。富士額女士的人生和這棵玉繩櫻，在我內心完美地重疊在一起。

轉過頭，在一片屋頂的遠方看到了大海。

川端康成應該也曾經在這裡眺望大海。他生前最後居住的那棟日式房子就在這座神社下方。

我吐了一口氣，看起來是像煙霧一樣混濁的白色。因爲太冷了，眼淚忍不住流了出來。

川端康成的字有點背叛我的期待。他所有的字都偏向格子右側，讓我想起在運送途中一直傾斜的便當。而且他的字也很小，端正的字擠在一起。

原本以爲是因爲改稿的關係，但其他房間展示的私人明信片上，字跡也同樣柔弱無力，就像是莖蔓自由生長的豌豆。不知道富士額女士是否知道這件事？相較之下，小林秀雄的字就很出色，也很有小林秀雄的味道。

因爲太冷了，我衝進文學館附近的蛋糕店。之前經過這裡時，就想進來看看。來到二樓的咖啡店，發現沒有其他客人，我可以獨占這片空間。我坐在窗邊的桌子上，點了伯爵茶，也順便點了草莓蛋糕。

抬頭一看，露出橫樑的天花板很高，感覺很舒暢。我像松鼠一樣搓著雙手，身體才慢慢暖和起來。

我從皮包裡拿出剛才來這裡時買的鳩居堂明信片和筆，放在桌子上。即使不必特地去銀座，也可以在鎌倉的紀伊國屋書店買到鳩居堂的明信片。

我一口氣寫完了明信片。剛才走在由比之濱大道旁，就已經構思好要寫的內容。

我不知道菊子是富士額女士的本名，還是她爲自己取的名字。因爲菊子是川端康成以鎌倉爲舞台寫的小說《山音》中的一個女人。

川端康成在《一個人的幸福》中，寫了這樣一句話。

「一生之中，只要能夠爲一個人帶來幸福，自己也能得到幸福。」

富士額女士雖然沒有見過川端康成，但如果她發自內心熱愛川端康成的作品，而且成爲她生命的動力，那就是川端康成的幸福。因此可以說，富士額女士間接地爲川端康成帶來了幸福。我希望富士額女士可以了解這一點。

我從上代蒐集的郵票中，挑選了年代久遠的郵票。

菊子女士：

妳之前有沒有去看戴著白帽的大佛？真心希望妳保重身體，不要感冒了。這一輩子，能夠遇到一位像妳這樣的讀者，就是我莫大的幸福。改天再寫信給妳。

康成

又及：吃牛肉是克服寒冷的最佳方法。

川端康成在一九七二年四月十六日辭世，我挑選了同一年二月在札幌舉行的冬季奧運紀念郵票。身穿黑色衣服的男人和穿著紅色體操服的女人正在表演花式滑冰，充滿了律動感，這對男女好像隨時會從郵票中跳出來。

我用指尖沾了冰水，牢牢貼在明信片上。又貼了一張多年前的秋田犬郵票，補足不足的兩圓。川端康成喜歡狗，我相信他也會挑選狗的郵票。

川端康成爲什麼選擇走上絕路？沒有人找到他的遺書。

如果他眞的遇見了富士額女士，富士額女士完全接納他的孤獨，也許可以改變他人生的結局。

我吃著剩下的草莓蛋糕，怔怔地想著這些事。

走出店外，外面比剛才更冷了。我不想走路回家，決定去由比之濱搭江之電電車。我去浪平買了四個鯛魚燒，請店家把三個裝在一袋，另外一個裝一袋。那袋只有一個的鯛魚燒要帶給芭芭拉夫人。

走路的時候把鯛魚燒放在口袋裡，發現像暖暖包一樣溫暖。我把寫給富士額女士的明信片投進了中途看到的郵筒。

搭江之電時，我想吃自己的那個鯛魚燒，但還是拚命忍住了。現在的我不想獨自享受美食，即使份量再少，和QP妹妹、蜜朗一起吃更美味。我希望藉由這樣吃相同的食物，可以慢慢縮短彼此的距離，可以越來越相像。

QP妹妹也參加了鎌倉七福神巡禮的下半場，但蜜朗負責照顧男爵和胖蒂的兒子。胖蒂原本表示不能留下正在喝奶的嬰兒，自己去參加七福神巡禮，所以面有難色，但男爵硬拉著她來參加。

因爲參加者中，有人剛好有其他行程，所以無法像上次一樣剛好在農曆新年那一天舉行，但還是在離農曆新年最近的星期天，在江之電的由比之濱車站旁的「豐龍」集合。豐龍是男爵常去的中國餐廳，就在由比之濱車站旁，幾乎可以說是跟車站在同一棟房子內。每次江之電的電車經過，餐廳的地板就會微微震動。

我們要先在這裡填飽肚子，然後再出發去七福神巡禮。

男爵負責點菜。

所有人都吃著餃子，等酸辣湯麵送上來。這是繼上次在芭芭拉夫人家賞櫻之後，我們幾個人第一次聚在一起。

當時在大家面前自我介紹說「我今年五歲」的QP妹妹如今七歲了，現在她吃白煮蛋已經不需要再配美乃滋。男爵和胖蒂也有了孩子，我和蜜朗結了婚，芭芭拉夫人最近似乎交了新的男朋友。

男爵似乎對順利舉行七福神巡禮感到欣慰，所以心情特別好，不聽胖蒂的勸阻，又加點了啤酒。

胖蒂也為母則強。那時候能夠順利收回胖蒂得知父親病危之際在慌忙中寄出的那封信眞是太好了。想到我也對他們這對老夫少妻的誕生發揮了一點作用，忍不住有點得意。

「讓各位久等了。」

等待已久的酸辣湯麵終於端上桌。QP妹妹一個人吃不完，所以就要了一碗飯，加了酸辣湯麵的湯，立刻變成了鹹稀飯。

所有人都默默吃著麵，酸酸甜甜湯汁中的麵像鉛筆芯一樣細，湯裡也有豐富的好料。原本擔心QP妹妹會覺得太辣，但似乎沒問題。剛才還覺得很冷，吃了幾口麵，身體漸漸暖和起來。胖蒂用手帕擦拭著男爵額頭上的汗水，男爵雖然露出不耐煩的表情，但還是乖乖讓胖蒂擦汗。

想到男爵告訴我的事，就會忍不住流淚，所以我決定今天要忘記那件事。我告訴自己，我什麼都不知道，那只是一場誤會。

QP妹妹似乎覺得光吃飯不夠，又裝了一碗麵，結果全都吃光了。我為每個人帶了一個笑咪咪麵包放在背包裡，即使中途有人肚子餓也沒問題。

「那就出發吧。」

在男爵的帶領下，我們相隔兩年，在寒天中繼續七福神巡禮的下半場。首先去長谷寺蓋了大黑神的朱印，順便去御靈神社參拜了福祿壽神。

QP妹妹問，福祿壽是什麼？我一時答不上來。

「福祿壽就是同時擁有福、祿和壽的長壽神明。」

男爵向我伸出援手。

「那不是和七福神中的老壽星的角色重疊嗎？」

「反正都是長壽的象徵。」

胖蒂和芭芭拉夫人分別說道。

「長壽？」

「對，長壽就是長命百歲的意思。」

我告訴QP妹妹。

「波波，妳要長壽喔。」

QP妹妹注視著我的眼睛說。

「大家都要長壽。」

我拚命克制著內心即將萌芽的某些情感說道。

我希望男爵、胖蒂、芭芭拉夫人、蜜朗，還有QP妹妹，大家都很長壽。

去了御靈神社後，大家又走進日式甜點店休息一下。

「感覺好像一直在吃。」

男爵說。

「甜食是心靈的營養。」

胖蒂立刻反駁他。胖蒂今天也暫時忘記母親的身分，充分享受七福神巡禮的樂趣。最後，在本覺寺即將關閉的傍晚快五點時，我們才去參拜了惠比壽神。如此一來，朱印帳上的七福神中已經蓋了六個，最後只剩下小町的妙隆寺。

機會難得，五點鐘聲一響，我們就霸占了福屋的吧檯座位。這一天的行程中，吃吃喝喝的時間遠遠超過拜訪神社佛閣的時間，但既然是大人的七福神巡禮，這樣也沒關係。最重要的是順利完成了男爵希望爲妻子留下快樂回憶的心願。

中途，蜜朗也帶著嬰兒來和我們會合慶功。我第一次看到蜜朗抱嬰兒的樣子，他和嬰兒相處了一天，已經建立了牢固的信賴關係。

「我每次抱他，他就哇哇大哭。」

蜜朗當起爸爸眞是有模有樣，連男爵都忍不住咬著手指這麼說。胖蒂落落大方地在吧檯前餵奶的身影也很美。

走出福屋，蜜朗和嬰兒也一起前往妙隆寺，七福神巡禮終於畫上句點。雖然沒有蓋到朱印，但完成了男爵的心願。

芭芭拉夫人和我們一起回家，所以就搭了計程車。QP妹妹可能太累了，靠在我身上睡得很熟。

男爵和愛妻、愛兒一起走在夜晚的路上，不知道在想什麼。我不由地想，衷心祈禱男爵可以一直和家人在一起，哪怕多一天也好。

我怔怔看著夜空的星星。

「波波，今天很開心，謝謝妳。」

芭芭拉夫人深有感慨地說。我有預感，有朝一日，在遙遠的未來回顧今天這一天時，會覺得是一個很特別的日子。現在還在「這一天」當中，所以還無法充分體會。

今年的書信供養也順利結束了。

代筆人並不是雨宮家代代相傳的家業，書信供養也是上代設計的儀式，所以也許沒必要持續進行，但又覺得不舉行書信供養的儀式還是有點不自在，或是說有點可惜。更何況好像對社會有幫助，所以我轉念一想，決定只要有人寄書信來，希望供養這些書信，我就會持續下去，也認爲這是自己的使命。

因爲，就好像人有靈魂，文字也有言靈，所以或許需要一個儀式把這些言靈送去天堂，雖然可能有人會笑這是在扮家家酒。

蜜朗的店順利迎接了開幕這一天，炸竹筴魚咖哩也正式以二階堂咖哩的名字登場，我爲蜜朗寫了菜單和看板作爲賀禮。雖然我們會爲一些芝麻小事吵架，這種時候，QP妹妹就成爲理想的仲裁。

男爵仍然是個活力充沛的慈祥爺爺，看來要爲男爵代筆還早得很。雖然我已經開始構思內容，但那一天眞的來臨時，不知道心情會有怎樣的變化。

但我已經決定信封要用男爵在試打奧利維蒂古董打字機時使用的水藍色洋蔥紙，上面有男爵打的「I love you」。

如果我這麼做，男爵可能會罵我「竟然陷害我」，但這絕對是了解一切的命運之神的安排。因爲凡事冥冥之中自有註定。

日照的時間越來越長，芭芭拉夫人家後山的蜂斗菜今年也漸漸冒了出來。星期天早晨，我和QP妹妹一起去採蜂斗菜。

「路上小心。」

芭芭拉夫人面帶笑容地目送我們上山，我和QP妹妹都穿著長筒雨靴。

稍微接近大自然，就立刻感受到濃濃的泥土香氣和所有生命的呼吸。

「我找到蜂斗菜了！」

QP妹妹最先發現蜂斗菜。漆黑的地上，蜂斗菜綻開的花就像星星。

「哇，妳找到了，但盡可能不要這種已經開花的，還沒有開花的花蕾更好吃。」

我把上代教我的事傳授給QP妹妹。

「是要找蜂斗菜的小寶寶嗎？」

「對，要找蜂斗菜的小寶寶。」

「所以和茶葉一樣。」

「沒錯沒錯，茶葉也是要摘下小寶寶。」

QP妹妹記住了我們之前隨口聊的事。

這裡、那裡，到處都有蜂斗菜從地面探出腦袋。

「好像地鼠一樣。」

QP妹妹每次發現蜂斗菜，都充滿憐愛地撫摸它們的頭。

「眞可愛。」

我也覺得蜂斗菜像地鼠。

我們在後山走了將近一個小時，採了很多蜂斗菜。

「差不多該回家了。」

QP妹妹還想繼續採蜂斗菜，但採太多會吃不完。我催著她，再度沿著坡道下山。

「地上很滑，要小心。」

我的話音剛落，自己就滑倒了。身體懸空，輕輕飄了起來，隨即一屁股跌坐在地上。長大之後，就不曾跌得這麼慘。

既好笑，屁股又痛，也嚇了一大跳，當我回過神時，發現自己哈哈大笑著。笑得太用力，眼淚都流了下來。雖然一切都發生在剎那之間，但就像連續拍下照片一樣清晰。

我站起來轉頭一看，牛仔褲的屁股都黑了。

「波波，回家後要洗衣服。」

ＱＰ妹妹竟然這麼對我說。

雖然屁股還很痛，但幸好沒有受傷。我牽著ＱＰ妹妹的手，一步一步小心翼翼地走下山。

回到家，換好衣服後，和ＱＰ妹妹一起吃完午餐，把蜂斗菜泡在水裡洗乾淨。拿出晚上要做天婦羅的份之後，其他的都要拿來做蜂斗菜味噌。

我把蜂斗菜汆燙後趁熱切成小塊，ＱＰ妹妹幫我用研缽磨核桃，看到她在用上代愛用的研缽讓我感到不可思議。雖然她和上代沒有任何血緣關係，但上代和ＱＰ妹妹確確實實地產生了交集，普普通通的研磨棒就像是接力賽的接力棒。

如果上代還活著，不知道會用什麼態度對待ＱＰ妹妹。

會是威嚴十足的曾外祖母嗎？還是會很溺愛曾外孫女？ＱＰ妹妹一定會把上代也捲入自己的世界，讓她露出笑容。

有一件事無可置疑，那就是上代絕對不會否定我的選擇。我覺得她會面不改色地說：「只要妳喜歡就好，只是不要半途而廢。」

對自己的決定負責。這就是上代的生活方式。她面對剛出生的我，決心要嚴格教育我，直到最後，她都始終貫徹這種態度。我相信這是出自她對我的愛，希望我可以獨立生存。

因爲一旦上代離開人世，我就無依無靠。上代希望在她離開之後，我能夠不依靠任何人獨立生活，所以才嚴格管教我。

現在我稍微能夠理解上代的想法，如果我能夠更早從這個角度看問題，也許和上代之間就不會那麼針鋒相對。

把蜂斗菜切碎後，再用力擰乾。

平底鍋放在瓦斯爐上，倒入麻油。請QP妹妹幫忙磨的核桃也差不多了。以前都由我負責磨核桃，每次都在上代身旁拚命轉動研磨棒，以免挨她的罵。

把切好的蜂斗菜放進加熱後的平底鍋，廚房內頓時洋溢著春天的氣息。

「好香。」我說。

「眞的好香。」

QP妹妹也模仿大人的語氣說。

星期天下午，可以和這麼可愛的女兒在家裡做蜂斗菜味噌，我眞是太幸福了。

「做好之後，也要拿去和芭芭拉夫人分享。」

我用木杓攪動著平底鍋內的蜂斗菜，對QP妹妹說。窗外傳來黃鶯報春的啼叫聲。

那天晚上，QP妹妹生病了。

星期天是一家三口可以一起吃晚餐的寶貴時間，我比平時更賣力下廚，用今天早上採回來的蜂斗菜和家裡的蔬菜炸了天婦羅。吃完飯，我正在準備拿芭芭拉夫人送的草莓當飯後甜點。

「我不舒服。」

QP妹妹小聲嘀咕著，幾秒鐘後，她就嘔吐了。蜜朗慌忙準備去拿容器，但已經來不及了。我很擔心蜂斗菜裡是不是有什麼細菌，但不可能有這種事。

「她發燒了，妳去拿體溫計。」

蜜朗摸著QP妹妹的額頭說。

QP妹妹前一刻還像往常一樣吃飯，現在滿臉通紅，無力地倒在蜜朗的臂彎。

我急忙拿了體溫計，夾在她腋下，然後馬上清理她周圍的嘔吐物。她的體溫超過三十九度。

「怎麼辦？」

我慌了神。

「不要緊張！」

蜜朗難得大聲說話。QP妹妹的衣服髒了，必須爲她換乾淨衣服，但我六神無主，一直在做一些毫無意義的動作。這是我第一次看到QP妹妹病得這麼嚴重。

我把手放在QP妹妹的額頭上，她的額頭很燙，但一直喊冷，身體也微微顫抖著。

「讓她躺到床上休息，今天是星期天，時間也晚了，等明天早上觀察她的情況後，再帶她去醫院。」

聽蜜朗說話時，我忍不住想，正常家庭的情況應該相反。照理說，母親應該鎮定自若，但在守景家，我這個當母親的卻亂了方寸。蜜朗抱著QP妹妹上樓，我只能不知所措地跟在他身後。

「總之，先觀察看看，小孩子常常會發燒或是嘔吐。」

蜜朗把QP妹妹抱到床上後，氣定神閒地說。

「我知道了，我今天陪她睡在這裡。」

我唯一能做的，就是陪在她身旁。

「好，但妳不要太累了，如果連妳也累倒，守景家就完蛋了。」

「嗯，我知道，你不用擔心。」

小時候，我經常在學校發燒，上代每次都來學校接我。即使這種時候，她也一點都不溫柔。非但不溫柔，而且心情還很惡劣。在我生病時，她會向我說教，說什麼沒有照顧好自己，才會感冒不舒服，所以是自己的過錯。也許上代識破了我在依賴她。

我在QP妹妹床邊鋪了一床被子，她的臉紅通通的，迷迷糊糊說著夢話。雖然不希望這種事真的發生，但爲了以防半夜需要叫救護車，我把健保卡、皮夾和換洗衣服放進皮包，然後爲QP妹妹的額頭貼上退熱貼。

QP妹妹的狀況稍微平靜後，我走下樓，蜜朗正在收拾廚房。

「謝謝。」我對他說。

「我想起陽陽第一次發燒，我們兩人驚慌失措的樣子。」

蜜朗百感交集地說。他說的「我們兩人」是指他和美雪。他難得主動提起美雪。

「當時的情況怎麼樣？」

此時此刻，我最想見到美雪。我想見到她，問她遇到這種情況時該如何處理。

「冰箱的冷凍庫沒有冰塊，我責怪她，結果兩個人大吵一架。我記得她跑去便利商店買冰塊。我剛才想起這件事，雖然只是幾年前，卻覺得好像是很久以前的事。」

外面好像下雪般寧靜，我正在準備給QP妹妹喝的水和杯子，蜜朗說：

「萬一脫水會很可怕，我去買可以補充電解質的OSI飲料。」

「嗯，這樣比較好，如果有香蕉的話，也順便買回來。」

上代經常說，香蕉可以提升免疫力。

我把水端去二樓，QP妹妹痛苦地睡著。雖然剛爲她換過衣服，她的身體又被汗水濕透了。

我用乾毛巾爲她擦了汗。如果可以在QP妹妹的身體裡插一根吸管，把她的痛苦全都吸到我身上，不知道該有多好。

我維持這樣的姿勢躺進被子。雖然以爲自己一直都醒著，但也許中途睡著了。我半夜起來好幾次，爲QP妹妹量體溫。雖然燒慢慢退了，但還有三十八度。

為她換上新的退熱貼，又為她換下被汗水濕透的睡衣。用手摸她的臉頰，發現仍然很燙。

加油，加油，QP妹妹，加油。

我注視她熟睡的臉龐，在心裡為她加油。她這麼嬌小的身體，正在和不知名的病毒搏鬥。

我想起我曾經住過一次院，也許和QP妹妹目前的年紀差不多。我得了盲腸炎，去醫院動了手術。上代那一次沒有生氣。

所以說，上代可以分辨出我是不是裝病嗎？現在回想起來，這似乎是唯一的解釋。

我把頭靠在QP妹妹的床邊，不知不覺睡著了。當我睜開眼睛時，QP妹妹不知道在說什麼夢話。

「妳怎麼了？不舒服嗎？」

她可能做了可怕的夢。我聽到她小聲說著什麼，把耳朵貼過去，試圖聽清楚她說的話。

「媽媽。」

我清楚聽到她這麼說。

我以為她在叫美雪，但立刻在心裡打了這麼想的自己一巴掌。這種事根本不重要，不管她在叫美雪還是我都沒有關係，重要的是，QP妹妹現在需要媽媽。

「陽陽。」

我叫著正在做夢的QP妹妹。

我一直覺得這個暱稱是美雪的專利，所以始終避免這麼叫她。我有所顧慮，因爲QP妹妹並不是我生的，我沒有資格這麼叫她。我並沒有懷胎十月生下她，可能稱不上是她眞正的媽媽，所以有點畏首畏尾。但是，現在我知道並不是這樣，我知道我錯了。QP妹妹需要我，她需要我和美雪。也許我就是美雪，美雪也是我，對QP妹妹來說，這種事根本不重要。我爲自己拘泥於小事感到羞愧。

「陽陽。」

我再次叫著她的名字。

即使她在做夢，我也爲她叫我媽媽感到高興。即使她不是叫我，我還是感到高興。原來我一直渴望她這麼叫我。我感受到自己內心萌生的喜悅，也終於了解自己的想法。之前認爲這種事無關緊要，是不成熟的我在逞強。

也許上代也一直期盼我叫她阿嬤。

不知道是否因爲流了很多汗的關係，QP妹妹的體溫終於降到三十七度多。

清晨，我下樓時，發現蜜朗難得早起，正在煮粥。

「早安。」

我在他身後輕輕向他打招呼，他驚訝地轉過頭。

「她的情況怎麼樣？」

「我剛才量了體溫，幾乎退燒了。」

「太好了，妳有沒有睡？」

「應該斷斷續續睡了一下，別擔心，而且今天店休。」

邊說話時，我在水壺裡裝了水，準備燒水泡京番茶。

砂鍋裡飄出粥的溫柔味道。

「我記得家裡有金橘。」

蜜朗在冰箱的蔬菜室內翻找。

「我記得有，上次去聯售站時買的。」

「找到了，找到了。」

蜜朗從冰箱裡拿出金橘的袋子。

「你要金橘幹什麼？」

我問。

「加在粥裡面啊，我已經加了地瓜。」

蜜朗不以爲意地回答。

「啊？金橘和地瓜？你不是在煮粥嗎？」

我驚訝得忍不住凝視蜜朗的眼睛。

「我第一次聽到時也很驚訝，這是美雪老家有人生病時都要吃的粥。雖然正宗版的還要加葡萄乾，但我覺得省略也沒關係，今天就只加了金橘和地瓜。美雪之前說，因爲可以吃這種粥，所以很期待感冒。陽陽感冒時，她也曾經做過幾次。」

「她喜歡吃嗎？」

「她自己可能不記得了，但當時吃得很開心。」

「那就做給她吃。我相信美雪的媽媽想要爲她補充營養，所以在粥裡面加了小孩子喜歡的金橘和地瓜。」

我把茶葉放進茶壺後，倒進燒開的水，飄出一股秋天枯葉般的香氣。我回想起那天早晨，三個人一起去獅子舞看紅葉。

「請喝茶。」

泡了一會兒之後，我先倒在蜜朗的馬克杯中遞給他。平時我都獨自看著朝霞的天空喝京番茶，今天和蜜朗面對面一起喝。

「我想問你一個問題。」喝了一口熱茶後，我開了口，「陸、海、空之中，美雪最喜歡哪一個？」

我一直很想知道這件事。

「爲什麼突然問這種問題？我還以爲妳在說自衛隊呢。」

「不是，我在認眞問你，快告訴我，不要隱瞞，反正你也不會少一塊肉。」

和蜜朗一起喝京番茶時，感覺比平時更甜。

「我想想，當我說要出去走一走時，她好像常說要去海邊。」

「是嗎？難怪她喜歡鎌倉。」

「我應該算是山派，偶爾會想去露營，妳呢？」

「我絕對是森林派，大海太大了，有點可怕。山裡的天氣會突然變化，讓人感到很惶恐，但森林就沒問題了，因爲森林很溫柔，即使第一次走進森林的人，也能夠享受森林的樂趣。」

「妳爲什麼問我這個問題？」

「因爲我想寫信，我想把我的想法告訴美雪。之前我不知道該寄去哪裡，但既然美雪喜歡大海，我就寄去大海。」

「是喔。」

蜜朗抱著雙臂看著我。

「既然機會難得，你要不要一起寫？」

我的話音剛落，廚房的拉門嘎啦嘎啦打開了，QP妹妹出現在門口。

「我也要寫。」

她的聲音聽起來很健康，好像完全沒有發生過任何事。

「妳還會不舒服嗎？肚子還會痛嗎？」

我問。

「如果不趕快去學校會遲到。」

QP妹妹一臉快哭出來的表情。因爲她之前都領全勤獎。

她的氣色看起來好多了，用手摸她的額頭，發現似乎已經退燒了，但爲了安全起見，我還是拿了體溫計夾在她腋下。看昨晚的樣子，完全無法想像她今天可以去學校上學。

確認了體溫計後，發現的確退燒了。

「好，那今天就去上學。」

QP妹妹聽到蜜朗這麼說，興奮地跳了起來。

「太好了，可以吃到高麗菜捲了！」

沒錯，今天的營養午餐是她最愛的高麗菜捲。

「沒問題，如果妳覺得不舒服，我馬上去接妳。」

前一刻還有點感傷的空氣突然熱鬧起來。

QP妹妹急忙去換了衣服，洗了臉，把課本和筆記本塞進書包，然後三個人一起吃粥。加了金橘的地瓜粥雖然有點奇怪，但酸酸甜甜的味道很好吃。美雪應該也會感到高興。守景家新的一天開始了。

美雪：

這是我第一次寫信給妳，

妳可能早就知道我是誰了，

但我還是自我介紹一下。

我叫守景鳩子，是蜜朗的第二任妻子。

我在鎌倉認識了蜜朗，原本是住在附近的鄰居，

後來開始交往。

去年春天，在QP妹妹成為小學生的那一天，

我們登記結婚了。

下個月，我們結婚就滿一週年了。

當初是QP妹妹把我們牽在一起，

但妳可能不知道QP妹妹是誰，

她就是妳和蜜朗的女兒，我都這麼叫她。

美雪，真的非常、非常感謝妳生下QP妹妹，
我寫這封信的最大原因，
就是要為這件事向妳道謝。
QP妹妹改變了我的人生，
她把我帶向光明的世界。
我無法想像沒有遇到QP妹妹的人生會是怎樣的人生。
但是，越為這件事道謝，
我就越對妳感到愧疚。
妳當時一定很痛苦，也一定很痛。
雖然流了很多血，
但直到最後一刻都在擔心QP妹妹，
妳用生命保護了她。
我發自內心尊敬妳這樣的母親。

第一次看到妳寫的字時，
我覺得好像之前就認識妳。
我憑直覺知道，我喜歡這個人，我想見她。
美雪，我很想見妳。
就算沒有蜜朗，我也希望我們兩個人能成為朋友。
我很想和妳一起喝咖啡，一起去旅行，
我覺得我們一定可以建立良好的友情。
因為不管怎麼說，我們喜歡相同的男人！
我們都覺得蜜朗是個好男人，
妳不認為我們都很有眼光嗎？
美雪，我可不可以和妳一樣，
叫QP妹妹陽陽呢？
我可以真的當陽陽的母親嗎？

3

一旦這麼做，就好像把妳趕出守景家，
所以我感到於心不安，
但是在她生病需要照顧的期間，
我很希望成為她名副其實的「媽媽」。
請妳原諒我的任性。
我會為了讓守景家成為全世界第一的閃亮亮共和國而努力，
也會用生命保護閃亮亮共和國。
當然，守景家會永遠保留妳的位置，
妳隨時都可以回來，
我向妳保證。
這或許是我異想天開，
但如果妳變成我們的小寶寶回來這個世界，
我們會張開雙手歡迎！

所以，如果有一天我懷孕了，
我可以生下來嗎？
我希望尊重妳的想法。
我要再說一次，
美雪，謝謝妳生下陽陽。
我很喜歡妳，以後也會一直、一直喜歡妳。

鳩子

5

雖然我盡可能把字寫得很小，但還是寫了五張信紙。我爲每一頁標了頁碼，將所有信紙疊在一起後捲成筒狀，塞進瓶中信用的瓶子裡。

QP妹妹和蜜朗也分別寫信給美雪。蜜朗直到最後一刻，都聲稱他不擅長寫信，字也寫得很醜，不太願意提筆，但他昨晚還是坐進電暖桌，認眞寫了起來。QP妹妹似乎還畫了畫。我們都不知道其他人寫了什麼內容。

四月的第一個週末，我們早起去了材木座。

「預備——丟！」

我把瓶中信丟進大海，QP妹妹把綁了氣球的信拋向空中。氣球漸漸被吸進春天柔和的藍天中。

「氣球叔————叔！」

QP妹妹對著天空大喊。

我也一直看著裝了信的瓶子，直到最後。

起初瓶子無法追上海浪，差一點回到沙灘上，但最後好像下定決心似的奮力游了起來，轉眼之間，就被海浪吞噬了。

蜜朗寫給美雪的信寄去漂流郵局。位在瀨戶內海的小島粟島正中央的漂流郵局，專門接收沒有地址的信。

從海邊回家的路上，蜜朗幽幽地說：

「我一直很痛恨凶手，希望他也遇到同樣的事，然後痛苦地死去。」

「這很正常啊。」

我對他說，我也痛恨奪走美雪生命的凶手，希望他痛苦到極點之後下地獄。

「但是，」蜜朗又接著說下去，「我在寫信時發現，無論再怎麼希望對方不幸，自己都無法得到幸福。」

蜜朗的話令我感到沉重。

「只能繼續活下去。如果想要報復凶手，就要得到幸福。如果我們整天以淚洗面，就如了他的願。」

海上吹來溫柔的風，好像爲我們圍上了披肩。風在輕聲告訴我們，一切都會很好。

「陽陽，」在等綠燈時，我對她說，「謝謝妳來到這個世界，我也發自內心地感謝帶妳來到這個世界的媽媽。」

QP妹妹茫然看著天空，似乎聽不懂這句話的意思，但也許她會用自己的方式把這句話藏在心裡，她的表情好像在說，這種事根本不需要特地說出來。

前方的號誌燈變成了綠燈，我們再度邁開步伐。不知道瓶中信去哪裡的海旅行了？不知道是否看到了富士山。

「是啊，留下來的人只能繼續活下去。」

我仔細體會著蜜朗說的，重複了他的話。

「女神巴巴在生下妳的時候，應該也很拚命。」

蜜朗突然這麼說，我大吃一驚，愣在原地。

「你怎麼……知道……？」

我一直覺得，絕對不能告訴蜜朗女神巴巴的事。即使可以告訴別人，也絕對不能讓蜜朗知道。

「因為一看就知道了。她上次來店裡，我還以為是妳，但因為服裝不一樣，所以馬上發現我認錯人了。」

「才不像呢——」

我忍不住說。沒想到竟然有人說我和女神巴巴很像。

「仔細一看，就會發現眞的很像。雖然她臉上的妝很濃，所以不太容易看出來，但眼皮和嘴巴的感覺一模一樣。」

「哪有……」

蜜朗不知道女神巴巴是怎樣的人，所以才會這麼說出來。

「你不要被那種人騙了！」我生氣地說。

「女神巴巴不是妳的媽媽嗎？不可以不理媽媽喔。」

QP妹妹說。

「對啊，無論對方是怎樣的人，媽媽就是媽媽。難道妳現在不幸福嗎？如果沒有身體，妳根本無法感受到目前的幸福。是媽媽給了妳身體。如果妳覺得自己現在很幸福，若不感謝媽媽，小心會有報應，更何況妳並不需要勉強自己喜歡她。」

聽了蜜朗的話，我恍然大悟。

「對喔，原來不需要勉強自己喜歡她，但我可以感謝她。」

我覺得一直卡在心裡的東西輕輕滑了下去。

仰望天空，星星在閃閃發亮。日正當中，肉眼看不到的星星在閃亮，上代和美雪都在其中。

閃閃發亮，閃閃發亮。

美麗的光隨時圍繞著我們，所以一定沒問題。

閃閃發亮隨時陪伴著我。

Eurasian Publishing Group
圓神出版事業機構
用心與你對話．視野無限寬廣
圓神出版社
Eurasian Press

www.booklife.com.tw reader@mail.eurasian.com.tw

小說緣廊 012

閃亮亮共和國

キラキラ共和国

作　　者／小川糸
譯　　者／王蘊潔
發 行 人／簡志忠
出 版 者／圓神出版社有限公司
地　　址／台北市南京東路四段50號6樓之1
電　　話／（02）2579-6600．2579-8800．2570-3939
傳　　真／（02）2579-0338．2577-3220．2570-3636
總 編 輯／陳秋月
書系主編／李宛蓁
責任編輯／胡靜佳
校　　對／胡靜佳．李宛蓁
美術編輯／林雅錚
封面插畫／shun shun
手寫書信／荷馬、張國元、胡水源、林嘉卿、詩字少女、FOREST、陳芊妘、陳品妘、林玟伶、山楂蒔卉、林雅萩、吳家蓁
行銷企畫／詹怡慧．陳禹伶
印務統籌／劉鳳剛．高榮祥
監　　印／高榮祥
排　　版／陳采淇
經 銷 商／叩應股份有限公司
郵撥帳號／18707239
法律顧問／圓神出版事業機構法律顧問　蕭雄淋律師
印　　刷／祥峰印刷廠

2019年3月　初版
2023年7月　15刷

キラキラ共和国（小川糸）
KIRAKIRA KYOUWAKOKU

定價 360 元　　ISBN 978-986-133-678-7　

如果能在人生的最後做一次甜美的夢，我就能夠接受自己的人生，覺得自己沒有做錯，可以用這雙手擁抱人生的一切。

——《閃亮亮共和國》

國家圖書館出版品預行編目資料

閃亮亮共和國 / 小川糸 著；王蘊潔 譯.
-- 初版. -- 臺北市：圓神，2019.03
272面；14.8×20.8公分. --（小說緣廊；12）
譯自：キラキラ共和国
ISBN 978-986-133-678-7（平裝）

861.57　　107023108